여자짐승아시아하기

문지 에크리

여자짐승아시아하기

초판 1쇄 2019년 7월 9일
초판 2쇄 2024년 4월 1일

지은이 김혜순
펴낸이 이광호
주간 이근혜
편집 이민희 조은혜 박선우 김필균
펴낸곳 ㈜문학과지성사
등록번호 제1993-000098호
주소 04034 서울 마포구 잔다리로7길 18(서교동 377-20)
전화 02) 338-7224
팩스 02) 323-4180(편집) 02) 338-7221(영업)
전자우편 moonji@moonji.com
홈페이지 www.moonji.com

ISBN 978-89-320-3549-9 03810

이 도서의 국립중앙도서관 출판예정도서목록(CIP)은 서지정보유통지원시스템 홈페이지(http://seoji.nl.go.kr)와 국가자료공동목록시스템(http://www.nl.go.kr/kolisnet)에서 이용하실 수 있습니다. (CIP제어번호: CIP2019025296)

여자짐승아시아하기

김혜순

문학과지성사

차례

붉음 — 실크로드 — 산동성 — 운남성 — 산서성 — 청해성 — 미얀마 — 캄보디아 — 고비사막 — 타클라마칸사막 — 몽골

여자짐승아시아하기

— 책머리에

우리가 제일 모르는 것, 우리가 아시아인이라는 것

우리가 제일 모르는 것, 우리가 짐승이라는 것

우리가 제일 모르는 것, 우리가 끝끝내 여자라는 것

나는 시를 써오는 동안 왜 그토록 많은 쥐, 돼지, 새, 곰 등등과 유령, 여자로서 시 안에 기거했던가?

나는 그것에 대해 쓰지 않고, 그것을 '한다'고 생각했던가?

나는 왜 나도 알지 못하는 사이에 죽은 자, 사라진 자의 목소리를 내고 있었던가?

나는 산문을 쓰면서는 왜 그토록 자주 바리공주를 호명했던가?

나는 바리공주가 아버지의 나라를 반쪽 떼어 주겠다

는 제의도 거절한 채, 이쪽 세계에서 저쪽 세계로 죽은 자를 건네주는 영구적인 직업으로 뱃사공을 선택한 것처럼, 나 스스로의 여행을 떠나보기로 했다. 나는 여행 도중 서역의 관문인 황량한 양문관에 서서, 우리나라의 옛 사람들, 혹은 바리공주가 죽음의 세상으로 건너가는 길목, 중간지대로 떠올린 그 장소를 지금 실제로 경험하고 있구나 생각해보기도 했다. 나는 그들이 상상으로 본 그 장소. 서역의 관문에 서서 뱃사공 바리공주를 손짓해 부르는 나를 상상했다.

이것은 내 '여행하기'의 기록이다. 또한 '여자짐승아시아하기'의 기록이다.

나의 '시하기', 여행하기는 일종의 '여자하기'와 '짐승하기'이다. 나의 시는 여자하기와 짐승하기라는 끝없는 '하기'의 도정 속에 있는 일종의 작용이다. 나의 시는 한사코 나이면서 나와 다른 것, 나 아닌 것, 낮은 것, 분열된 것, 작은 사람들을 향해 가는 하기의 작용이다. 만약

양문관.

시인이 이 과정에 개입하지 않거나 이 과정을 멈춘 자리에 붙박여 있다면, 그가 설사 리얼리스트라 자부하더라도, 그는 리얼하지도, 시하지도 않는 것이리라. 그는 다만 명언 제조자이거나 은유가隱喩家, 아니면 센티멘털이 리얼이라 믿는 자일 것이다. 물론 이 하기의 과정은 감응하기의 선을 타고 간다. 하지만 그 도착은 끝없이 유예되어서 시하기는 어딘가를 향해 열린 채 그저 강물처럼 흐르면서 실재할 뿐이리라.

나는 아시아 나라들을 여행하면서 내가 그 나라의 어떤 장소들에서 나의 시하기를 실제 나의 신체로 경험하고 있는 것처럼 느낄 때가 있었다. 그 장소들은 '아시아'에 놓여 있으면서, 텍스트상에서가 아니라 실제 장소 그 자체로 '여자하기짐승하기'를 생성하고 있었다. 나는 내가 여행하는 아시아에서 서양에서 태어난 상상력이나 그들의 맥락, 그들의 텍스트 속에서 관찰되어 가상화된 현상이 아니라 아시아의 장소들 스스로가 여자하기와 짐승하기[이를테면 이 책에서 다룬 눈의 여자(설인), 죽은 시인, 부처, 붉은 아시아 이미지, 쥐 등등을 이른다]를 진행하고 있다고 느꼈다. 나는 그 움직임의 궤적을 기록하려고 시도했다. 나는 그 장소들이 장소 나름의 다양화 작용 안에서도 내가 시를 쓰는 과정과 아주 유사한 어떤 작용을 하고 있다고 느꼈다. 마치 그 장소 스스로가 그 나라의 횡단면에 여자하기짐승하기와 같은 움직임을 배치하고, 그 나라라는 거대한 국가 이념과는 다른 생명 활동을 이어가고 있는 느낌을 가졌다. 나는 단일한 인상으로 굳어진 국가적 정체성으로부터 벗어난 어떤 지점에 그들의 여자하기짐승하기를 통한, 다른 발견이 가능하겠다고 생각했다. 그것은 대문자 국가, 대문자 인간을 벗어난 곳에서 오히려 비천하게 되기를 스스로 감행하고 있는 어떤 작용의 발견이기도 했다. 여행자에게 그대로 노출되는 그 나라의 현상계 아래 여행자가 알 수 없는 '그곳'의 경계 없는 사이의 세계가 있었고, 사막과 같으나 드넓은 내재성의 지평이 숨어 있었다. 나와 그 장소 사이의 어떤 지점에 차이 없이 분별없이 뒤섞여 있는 나의 '여자짐승아시아'라는 비가시적인, 그러나 일의적으로 말할 수 없는 사막의 모래처럼 일어서고, 무너지는 '몸의 세계'가 있었다.

나는 여자하기와 짐승하기로 실재하는 아시아를 여행했다. 여행은 '나'라는 존재가 붙박인 존재가 아니라 하나의 과정이며 운동이라는 것을 일깨워준다. 여행은 '나'에게서 '나'를 떼어내어 분산시키는 하나의 작용이다. 여행하는 동안 나는 설설 끓는 솥에서 분출하여 사라지는 안개처럼, 당신의 얼굴이 사라진 다음 그 주위를 맴도는 부사처럼. 아련한 그 모습, 여자이면서 짐승이기도 한 아시아의 '아시아'가 내 주위를 맴도는 것을 느꼈다. 나는 내가 티베트 산중에서 찾아다닌 '눈의 여자' 같은 그 희미한 얼굴을 내 얼굴에 장착해보려고 했다. 그리고 내가 장착한 것이 거대한 국가 괴물들과 분리된 하나의 희박한 얼굴, 그 장소에서 살아가는 사람들과 내가 만나 함께 움직이는 '다른' 얼굴이라 짐작했다. 그 장소에서 나의 여자짐승아시아는 아시아라는 거대한 얼굴 주위를 맴도는 유령의 얼굴처럼 희미하였으나 실재하였다.

여자하기와 짐승하기, 아시아하기는 이미 나에게 와 있었으나 여행 이전에는 알 수 없었다. 이들의 부재하는 듯 존재하는 속성은 시 텍스트에서 시가 재현의 지연을 통해 결국 하나의 시적 구성체로서 드러내고야 마는 '시성詩性'처럼 소리 없는 포효와 같았다. 이미 도래해 있었으나 알 수 없었던 것, 그것의 발자국 내딛음이 곧 부재의 운동이 되는 것, 미지가 되는 것. 설인처럼, 죽은 시인처럼, 부처와 쥐처럼 존재하는가 하면 부재하고, 부재하는가 하면 존재하는 것. 미지이면서 괴물이고, 괴물이면서 안개인 것. 그리고 유령인 것. 그러나 분자적이면서도 연결망인 것.

여자짐승아시아는 여행하기를 통하지 않고서는 그 정체를 발견할 수 없는, 비어 있는, 혹은 오염되어 있는 미지였다. 성별을 막론하고, 인종을 막론하고, 국가를 막론하고 여자짐승아시아할 수 있다. 여자짐승아시아는 가능성의 세계다. 도착이 가능한 어느 세계가 아니라 '하기'로서 작동하는 생성의 세계. 닿았는가 하면 이미 행함의 수레바퀴에 얹어져 도착할 수 없는 곳으로 끊임없이 생성되어가는 그런 세계. 존재가 존재자들로 현실화되어 움직여갈 때 들르는 중간 기착지 같은 세계. 나는 그 중간을 여행하고자 했다. 그러나 여자하기, 짐승하기는 얼마나 상처받기 쉬운가. 국가주의가 그것을 가동하면 무너져 허약한 '신화'로 전락해버리고 마는 게 아닌가. 온몸에 네온사인을 매단 부처처럼 경제적, 정신적 수탈체로 변신하게 되지나 않겠는가.

여자하기는 '여자이고자 함'이다. 타자와 감응하여 작고 낮은 것을 몸에 분포해야 한다. 여자이고자 함은 대립항인 남자라는 포지션이 본질적이지 않기 때문에 폐기되어야 함을 전제로 하기 이전에, 인간 각자가 스스로 여자라는 복수성, 내 안에서 흘러넘치는 여성적 실재를 향해 여행해가야 함을 이른다. 또한, 나는 생물학적으로 여자이나 나의 에너지로 다른 사물들과의 연결과 접속 속에서 여자를 구현해가야 한다. 나는 날마다 다른 정체성의 여자로 태어나고 싶다. 나는 텍스트 속에서 오늘은 소녀였으나 내일은 할머니로, 다시 할머니소녀로 태어나고 싶다. 오늘은 연어였으나 내일은 사냥하는 곰으로 태어나고 싶다. 나는 색으로, 무늬로, 이미지로, 어떤 작은 기미로 다시 태어나고 싶다. 나는 한 여자가 아니라 여러 여자, 여기 있는 여자가 아니라 여기, 저기 있는 여자, 나 때문에 여기가 여기 없는 저기가 되는 여자가 되고 싶다. 여자이고자 함은 순수한 에너지 차원에서의 감응으로 이루어진다.

그럼에도 내 여행의 앞에는 나를 제외한 어떤 중심이 있다. 제도들이 파생하고, 규칙들이 남발되며, 나의 여권이 불온해지는 견고한 체제가 있다. 여자와 짐승을 변두리에 두거나, 권외에 두는 언어 체제가 있다. 이 체계를 거슬러 가노라면 '여자이고자 하는 자'를 죽음, 부재, 텅 빔으로 변질시키는 '죽임'이 있다. 그러면 나는 부재의 운동성이 된다. 결핍의 수용이 아니라, 결핍이라고 규정되는 범주를 거치지 않는 방식의, 내 운동성의 리듬이며 속도가 된다. 나는 부재와 맞물려 움직인다. 바르도 퇴돌 *Bardo Thos-grol*의 안에서처럼. 바르도 퇴돌은 '둘do 사이bar를 듣다thos 그리고 깨우치다grol'라는 의미다. 둘 사이란

낮과 밤 사이, 죽음과 삶 사이, 선과 악 사이, 남자와 여자 사이 같은 모든 사이, 중음의 세계다. 그 사이를 '들을 수 있으면' 영원히 자유에 이를 수 있다고 한다. 무릇 여자이고자 하는 자, 바리공주처럼 자신의 부재를 여행하리라. 부재 없이는 리듬도 없다. 여행도 없다. 시에서도 마찬가지다. 나의 부재 없이 시적 언술은 불가능하다.

여자하기는 일종의 여행이다. 이 여행은 여자의 몸으로 겪는 복수적이고, 관계적인 경험이다. 몸의 경험을 사유하기이다. 사유하기는 공동체하기이다. 여자하기의 여행은 그 나름의 궤적이 있다. 이 여행은 길 아닌 길로 가는, 다방면으로 준동하는, 이분법의 고착을 넘어서는 가기이다. 수직적인 것들과 중앙제동장치와는 상관도 없는, 여행하는 나라의 정부로부터도, 떠나온 나라의 정부로부터도 이방인인 사람. 바리공주처럼 이쪽에서 저쪽을 여행하는 자, 지금 있는 여기에서 지금 떠나갈 거기로 접속해나가는 길이 있을 뿐, 그 길의 증식이 있을 뿐, 사이를 건네주는 뱃사공인 여행자, 일종의 무정부 상태, 계보도 조상도 없는, 모국어가 낯설어지는 상태.

짐승하기는 퇴행이나 미성숙이 아니다. 일탈이나 (역)진화가 아니다. 내가 쥐를 썼다고 해서 내가 쥐로 퇴행하거나 쥐의 미성숙을 다루는 것이 아니다. 이것은 나 아닌 존재와의 모든 '하기'이다. 벌거벗은 생명하기이다. 스스로 그러하기, 우리가 알아보지 못하는 우리라는 두 겹(인간짐승)의 이미지하기. 짐승하기는 정서적 유대다. 짐승하기는 짐승으로 취급하기, 인간 이하로 보기와의 자리바꾸기이다. 나는 짐승하기를 통해 사람과 짐승 혹은 유령 사이의 어딘가에 있게 된다. 나와 짐승이 서로 흐릿해져서, 어떤 비인칭 지대를 만들고 다시 그곳을 우리가 통과해 간다. 서로에게 서로를 조금씩 내어주는 다른 주파수의 세상을 만들어가면서, 그 세상에서 서로의 삶을 변용해간다. 그리하여 짐승하기는 분열하기이다.

'쥐는 먹을 때, 긁을 때, 땅을 팔 때 외에는 교미를 하며 지낸다. 이 글을 쓰고 있는 사이에도 쥐 한 쌍이 교미한다. 암컷 쥐의 임신 기간은 21일이고 한 배에서 여덟 내지 열 마리가 태어난다. 출산하고 곧바로 임신한다. 1년에 열두 번까지 새끼를 낳을 수 있다. 새끼가 새끼를 낳고 또 낳고 하다 보면, 최대한 자식과 자식, 그 자식들이 1년에 1만 5천 마리 정도 낳을 수 있다. 이게 다가 아니다. 어느 날 이들이 모두 박멸되었다고 치자. 다행히 암컷 한 마리만 빼고. 그러면 교미를 하지 않은 암컷이 혼자 새끼를 낳을 수 있다. 왜냐하면 암컷 쥐는 늘 몸속에 정자나 수정란을 남겨두기 때문이다.' 이렇게 인용하는 것은 혈통을 생산하기라는 명제에 집중하기가 아니다. 인도의 쥐 사원에서 발견한 인간과 쥐의 친밀, 분열하기, 인간짐승간의 수평적 관계 때문이다. 그들의 신앙은 인간이 인간 이전의 단계를 포함하면서 인간적 차원이 아닌, 쥐로 대표되는 비일상적인 어떤 원천을 회복하려는 것처럼 보였다. 쥐와 쥐, 나와 쥐 떼 안에서 자연스러운 인간짐승적 요소를 발견해보는 것, 쥐와의 만남과 쥐와의 관계들이 내 안에서 준동하는 것을 느끼는 것. 쥐를 모시는 것. 그 사이의 장소에 함께 기거하는 것, 이러한 생성의 반복, 인연의 일어섬인 연기緣起가 생명임을 느끼는 것. 이런 동맹의 지대인 나의 텍스트를 구축해가는 것.

짐승하기의 여행은 나의 외부를 여행하는 것이 아니라 나와 짐승의 외밀성의 지대를 공유하는 것이다. 이것이 존재의 일의성 안에서 일의성의 영토를 힘껏 밀어내는 것이 아닐까. 나의 신체와 짐승의 신체가 자발적으로 혼종의 비체를 만들어가는 것. 여자와 짐승을 비천하게 여기는 언어들을 되돌려 나의 짐승하기를 도모해보는 것. 그리하여 닥쳐오는 괴물, 인간짐승인 미래가 되는 것. 새로운 생기의 장에 도착하는 것. 이것이 언어적 담론과 권력에 의해 구성된 인간이라는 범주를 넘어보는 것이 아닐까. 인간이라는 범주 안에서 지내느라 배제한 여자의, 짐승의, (인간) 아님의 세상을 향해 여행하기를 시도하듯 글을 써나가는 것. 나와 그들이 감응적 전환 속에 있는 것. 우리가 서로 접속된 커다란 장 안에 쥐이면서 나로서, 아시아인인 나로서, 동시적으로 잠재적인 실재로 존재하는 것을 향하여. 그런 곳에서.

짐승하기는 시간 가로지르기이다. 나의 짐승하기는 서로 합하여 새로운 괴물이 된 장소, 혹은 그 안에 서식하는 새로운 짐승을 영접한다. 나는 짐승을 맞아들여 서로의 몸의 경계가 흐려진 지대, 나의 양문관으로 나아간다. 우리는 바리공주처럼 이쪽을 떠나 서역을 오고 가려 한다. 이렇게 하는 것이 나의 글쓰기의 도정과 같을지도 모르겠다. 아니면 탈식민하기였으면, 미래로 회귀하기였으면 좋겠다.

여자짐승아시아하기는 나의 글쓰기를 이루었다. 여자짐승아시아하기는 짐승하기에서 식물하기와 풍경하기, 색깔하기 등등으로 점점 나아갔다. 이것은 내가 글쓰기를 통해 근원을 찾아간다는 것이 아니라 위계 없고 본질 없는 평평한 네트워크의 세계, 잠재적인 것을 실재의 세계로 만난다는 것이다. 나의 글쓰기는 짐승과 사물과 풍경의 비밀을 운송하는 여행자처럼 나를 아시아라는 외밀의 광활로 떠밀었다. 나는 마치 제물인 나, 여자짐승을 실어 나르는 매개자인 나로서 아시아를 여행하기를 바랐던 것 같다. 나는 바리공주처럼 이쪽 세계와 저쪽 세계를 연결할 수 있기를 바랐던 것 같다. 바리공주는 미리 죽은 자로서, 혹은 '나'에게서 '나'를 밀어내버린 자로서 이미

짐승이 된 죽은 자의 세계를 여행해왔다. 죽은 자와 사물들로 이루어진 교감의 세계를 여행해왔다. 나는 여자짐승아시아라는 미지의 장소에 사는 희미한 얼굴들, 아직 여행해보지 않은 감각들을 나의 글쓰기로 만나보고자 했다.

눈의 여자

나는 이곳에 비행기를 타고 왔다. 이곳 사람들은 자신들의 나라를 '뾔(토吐하다)'라 하고 자신들을 '뾔빠(토吐하는 사람)'라 부른다. 하긴 이곳에 도착하면 누구나 토하기 쉽다. 산소 결핍 때문이다. 처음 이곳에 왔을 땐, 제국의 수도에서 출발해 이곳에 도착하는 기차가 개통되기 전이었다. 이곳에서도 그 냄새가 난다. 제국의 통치를 경험한 혹은 경험하는 국가들에서 맡을 수 있는 특유의 냄새. 가설무대 곁에서 맡은 것 같은 값싸고, 날것이며, 가벼운 휘발성의 냄새. 날림 공사로 세운 벽에서 솟아오르는 시멘트 가루의 냄새. 간판마다 씌어진 두 나라의 문자들, 현란한 색채의 깃발들, 가난의 남루와 살아남은 자들의 오염된 실상을 가린 차양들에서 나는 찌든 버터 냄새. 푸석한 낯빛의 얼굴들이 하릴없이 서성거리고, 거듭된 좌

절로 인해 깊은 슬픔이 드리운 검은 눈동자가 이방인을 쏘아본다. 추위에 튼 살갗에선 살비듬이 떨어져 날리는 것도 같고, 오랜 배반의 딱지가 덕지덕지 숨어 있는 것 같기도 하다. 꼭 내 나라 내 고향의 가축 시장에서 나는 냄새가 여기에서도 난다. 상대적으로 제국의 도시들에서는 무거운 쇠냄새, 우중충한 돌냄새, 석조 건물들의 하중을 몇백 년째 견디고 있는 땅 아래 켜켜이 묻힌 오래된 시체들의 냄새, 우람한 나무들이 땅 밑에서 끌어올린 물냄새, 곰팡이 냄새가 났었는데 말이다. 비행기에서 내리면 물 한 방울 섞이지 않은 질푸른 하늘, 우주 공간 어디에서 쏟아져 내려오는 것 같은 희박하면서도 싸늘하게 투명한 공기가 나를 감싼다. 먼저 동공이 열리는가 싶더니 두통이 몰려온다. 숨 쉬기가 힘들다. 힘껏 공기를 빨아들이는데도 양에 차지 않는다. 공기를 향한 갈증. 나는 언젠가 다른 대륙에서의 고산증을 교훈 삼아 용하다는 이뇨제를 복용해두었지만 여전히 두통과 구토가 몰려온다. 나는 잠시 '눈의 여자'를 생각한다. 깊은 바다 밑 대륙이 저 히말라야만큼 거대한 크기로 솟아오르는 동안, 그 기억의

켜 어딘가 눈의 여자가 살고 있다고 했지.

'눈의 여자'는 달아난다. 이미 와 있었으나, 여전히 부재하는 여자. 짐승인가 하면 여자이고, 여자인가 하면 짐승인, 눈으로 만들어진 것처럼 몸이 백설인 여자짐승. 그 모습에 대한 수많은 재현이 있으나, 여전히 그 재현이 불가능한 여자짐승. 만년설 쌓인 꼭대기로. 깎아지른 절벽 위로. 어둔 계곡 저 아래로. 눈의 여자는 언제나 달아나기만 한다. 아직 눈의 여자를 붙잡았다는 사람은 없다. 눈의 여자는 한 번도 도망에 실패한 적이 없다. 그러나 당신에게 결심이 섰다면 눈의 여자를 찾아 나서보라. 눈의 여자는 당신을 세상의 수평적 중심, 세상의 수직적 극한까지 데리고 가리라. 세계지도의 여성적 중심, 세상에서 가장 높은 산들에 새겨진 어지러운 미로, 그 내부, 가장 높은 상상봉으로 당신을 끌고 가 패대기치리라.

당신은 눈의 여자의 것이라 추정되는 크고 깊은 발자국, 섬세한 다섯 개의 발가락 자국, 두 발로 걸어간 것이 분명한 발자국의 행로, 큰 똥 무더기를 이정표 삼아 산맥을 헤맨다. 그러다 당신은 천신만고 끝에, 운 좋게 눈의 여자를 지척에 두는 순간을 맞이한다. 당신은 망원경이나 칼, 혹은 총을 집어 든다. 그러나 그 순간 눈의 여자는 이미 없다. 당신은 그때 선배들이 남긴 허무맹랑해 보이던 말들을 상기한다. 눈의 여자가 언제든지 마음만 먹으면 수목한계선 밖으로 순간 이동하더라는 말. 거대한 사막과 다를 바 없는 거대한 설산이라는 지우개 속으로 흔적도 없이, 하나도 빠짐없이 눈의 여자가 사라져버리더라는 말. 결국 당신은 총 든 팔을 힘없이 아래로 내린 채, 마치 크나큰 눈사람 하나를 가슴에 안은 듯, 뒤뚱뒤뚱 설산을 내려온 선배들처럼 그렇게 눈의 여자의 술래이기를 포기하게 된다. 만약 당신이 포기를 모르는 사람이라면 결국 당신은 발가락 몇 개쯤 병원 쓰레기통에 던져버리게 될 것이다. 그런 다음 마치 임사 체험을 얘기하는 사람처럼 설산에서 만난 두 발로 걷는 거구의 흰 여자를 묘사하려고 갖은 애를 다 써보게 될 것이다. 그러나 당신의 얘기를 듣는 사람들은 누구나 사막에서 신기루를 만난 사람을 대하듯 당신을 무심하게 바라볼 뿐, 당신은 소통의 부재 속에서 이전보다 더 큰 고독 속에 숨게 될 것이다.

'눈의 여자'에 대해 얘기하는 모든 사람의 문장 속엔 '카메라'라는 기기가 꼭 등장한다. 그 문장들 속에 잠긴 카메라만큼 안타까운 기기가 이 지상에 있을까. 그 기기 뒤에는 반드시 '마침 그때 놓고 나갔더니' 혹은 '현상을 하려고 필름을 맡겼더니' 하는 구절이 뒤따르고, 그 구절 뒤에는 '없다'라는 부정사 혹은 '놓치다'라는 피동형 술어가 따라 나온다. 그리하여 이 지상에 흰 여자를 찍은 카메라는 없다. 흰 여자를 담은 필름도 없다.

'눈의 여자'의 정체성은 사라짐, 달아남, 가로지름이다. 혹은 없음이다. 눈의 여자는 안타까움, 놓침, 상실이라는 뿌연 안개 속에 있다. 눈의 여자는 마치 우리가 태어날 때 우리 몸속에다 놓아버린 어머니의 몸처럼 흐릿함을 몸에 두르고 상실의 높은 봉우리 위를 휙 지나간다.

'눈의 여자'에겐 거울이 없다. 그리하여 눈의 여자는 제 모습을 마주 본 적이 없다. 그러나 눈의 여자는 눈의 여자를 보자마자 달아나는 사람, 혹은 비명을 지르는 사람, 그 자리에 얼어붙어버리는 사람들 때문에 스스로를 무서운 것, 혹은 '이상'한 사람이라고 추측한다. 눈의 여자가 무서운 사람/것인지, 목격한 사람이 무서운 사람인지는 아무도 모른다. 대개 공포 체험이 그렇듯이 누가 무서운 사람이고 누가 무서워하는 사람인지는 알 수가 없다. 마주 보면서도 서로가 서로를 알아보지 못한다.

13人의兒孩가道路로疾走하오.

(길은막다른골목이適當하오.)

第1의兒孩가무섭다고그리오.

第2의兒孩도무섭다고그리오.

第3의兒孩도무섭다고그리오.

第4의兒孩도무섭다고그리오.

第5의兒孩도무섭다고그리오.

第6의兒孩도무섭다고그리오.

第7의兒孩도무섭다고그리오.

第8의兒孩도무섭다고그리오.

第9의兒孩도무섭다고그리오.

第10의兒孩도무섭다고그리오.

第11의兒孩가무섭다고그리오.

第12의兒孩도무섭다고그리오.

第13의兒孩도무섭다고그리오.

13人의兒孩는무서운兒孩와무서워하는兒孩와

그렇게뿐이모였소.

(다른事情은없는것이차라리나았소)

그中에1人의兒孩가무서운兒孩라도좋소.

그中에2人의兒孩가무서운兒孩라도좋소.

그中에2人의兒孩가무서워하는兒孩라도좋소.

그中에1人의兒孩가무서워하는兒孩라도좋소.

(길은뚫린골목이라도適當하오.)

13人의兒孩가道路로疾走하지아니하여도좋소.

— 이상, 「烏瞰圖 詩第一號」 전문

이상의 시 「오감도 시제1호」는 막다른 골목에서 질주하는 아이들 열세 명의 심정을 묘사한 시이자 '공포'를 가시화한 시이다. 이 시에 등장하는 13이란 숫자, '아해'의 의미에 대해서는 해석이 난분분하지만, 시는 '막다른 골목'이라는 식민지의 엄혹한 현실, 그 속에서 누가 무서운 아이이고, 누가 무서워하는 아이인지 구별할 수 없다는 사실을 냉정하게 가시화한다. 이상은 자신의 거의 모든 시에서 양팔 저울의 양손에 똑같은 무게의 사물이나 정황들을 올려놓기를 즐겨 하는 시인이다. 거울 안과 거울 밖, 꽃이 향기로운 세계와 꽃이 피지 않는 세계, 데칼코마니의 세계를 그는 동시에 떠올린다. 이 시에서도 그는 '무서운 아이와 무서워하는 아이' '막다른 골목과 뚫린 골목'의 양가 가치를 저울의 양손에 올려놓고 있다. 시인은 서로가 서로에게 공포가 되는 현실 상황을 건축도면처럼 매우 질서 정연하게 평면적으로 늘어놓았다. 시의 공간 속에 공포의 치맛자락은 나부끼지만, 시적 화자는 문장에 추호의 감정도 싣지 않는다. 이럴 때 13이라는 불운의 숫자, 무섬증 많은 아이들의 등장은 매우 상투적이지만, 독자를 시에 끌어들이기 위한 시인 나름의 친절한 배려라 할 수 있겠다. 식민지를 경영하는 사람들이 더 무서울까, 식민지에 사는 사람들이 더 무서울까, 모두 무서울까, 서로 무서울까? 이상이라는 시인을 모더니스트라 부르며, 그의 시에 사회의식이 부재한다고 경멸할 수 있을까?

이 나라의 영토 전체는 공사 중이다. 나라를 넘어 다른 나라와 이어지는 철길이 놓이고 있고, 해발 4천에서 6천 미터를 오르내리며 찻길이 닦이고 있다. 제국의 이주민들이 쏟아져 들어오고 있고, 아직 외국인에게 여행 허가가 나지 않은 곳들에서는 우라늄 등의 지하자원이 무진장 쏟아져 나오고 있다. 지독한 매연과 콜타르의 악취와 기계의 소음이 진동하는 공사 중인 길을 따라가노라면 이 나라 유목민 인부들의 참혹상이 온몸을 후벼 판다. 봉건 체제가 지나가자 제국이 달려왔다. 봉건 체제가 손발을 묶어놓더니 제국은 손발을 강제 노역에 동원한다. 감옥이 열리니 공사판이 기다리고 있었다. 동물들과 풀을 찾아 유목하던 온 가족이 공사 인부로 차출되어 있다. 간혹 인도나 네팔에서 가족을 만나러 온 라마승들이 붉은 가사를 입은 채 강제 노역에 동원되어 있다. 그들의 모습은 자신들이 기르던 야크의 모습보다도 더 처참하다. 그들은 이 지구상 어디의 공사 인부보다도 남루한 몰골과 험한 입성으로 원시적 노동을 하고 있다. 마니문을 새겨 넣은 돌들이 포장도로 아래 묻히고 있다. 천막을 들여다보면 비닐봉지들이 몇 장 뒹굴고 있을 뿐 먹을 것은 아무것도 없다. 야크 버터도 없고, 마른 야크 똥도 없고, 온기도 없다. 길 없는 길 위에서 살던 사람들이 길 위에 묶여 있다. 그 도로 위를 제국의 군대가 끝도 없이 지나간다. 이때 잠시 공사는 중단된다. 차량의 행렬이 몇 킬로미터인지 가늠할 수조차 없다. 그 차량들엔 십대 후반의 앳된 병사들이 오히려 자신들을 바라보는 나를 신기한 얼굴로 쳐다본다. 네팔과의 국경에서 마주친 어린 병사는 우리나라에서 제작된 드라마에 자주 등장하는 동요를 우리나라 말로 부르며 나보고도 불러보라고 강권한다. 나는 나를 안내한 그곳 사람이 괜히 나중에 어려운 일이라도 당할까 봐 우리나라에선 한 번도 불러본 적이 없는 노래, '아빠 곰은 뚱뚱해 엄마 곰은 날씬해 아기 곰은 너무 귀여워'를 따라 불러준다. 그 막막한 산중의 초소에서 내 목소리로 울려 퍼지는 가축이 된 곰 가족 칭송 동요라니.

눈의 여자는 '휙' 지나간다. 밤에만 돌아다닌다는 설도 있다. 특히 비가 내리거나 안개가 자욱한 밤에. 무심결에 갈아입을 옷 속으로 머리를 들이밀다가, 따뜻한 햇볕 아래서 차를 마시며 졸음을 참다가, 하늘에서 내려온 깃털 같은 형체, '구름 강아지' 같은 것이 '휙' 지나가는 것을 느낀 적이 있다면 눈의 여자의 속도, 눈의 여자의 순간적인 존재성을 추체험해볼 수가 있을 것 같다. 눈의 여자는 깊은 산속에서 길을 잃었을 때, 혹은 야영을 하느라 적막 속에 홀로 누워 있을 때, 눈사태에 휩쓸려 고립무원의 계곡 속에 갇혔을 때, 세차게 흐르는 강을 앞에 두고 건너갈 일이 막막할 때, 혹은 그 강을 건너 겨우 건너편 기슭에 닿았으나 옷은 다 젖고, 등짐도 다 젖어 하염없이 추위에 떨 때, 어찌어찌 봉우리를 넘었으나 더 큰 산이 시커멓게 혹은 순백색으로 솟아 있을 때, 여하튼 길을 잃고 떨고 있을 때, 그때 보인다. 혹은 들린다. 휘파람 소리가 난다고도 하고, 울부짖는 소리가 난다고도 한다. 그러나 그 울부짖음은 내 속에서 나온 메아리 같아서 다시 묘사하기가 곤란하다. 마치 자신의 내부에서 들려오는 비명을 심이心耳로 들은 것 같다고나 할까. 눈의 여자는 사무친 고독을 적재한 사람에게, 적막의 무게에 짓눌려 숨이 막힌 사람에게, 무엇보다 발밑에서 올라온 권태와 고독과 공포가 가슴께에서 터질 것 같은 사람에게 불현듯 출몰한다. 그러나 눈의 여자를 본 사람은 언제나 여기 있지 않고, '저기' 있다. 수소문해 찾아가봐도 언제나 '저기' 있다. 다가가면 물러나기만 하는 이곳 고원의 지평선처럼. 눈의 여자는 누군가 혼자인 순간에 나타난다. 우연히, 예기치 않은 순간에, 갑자기, 훅.

그러므로 눈의 여자는 드높은 고립무원에서의 적막, 고독, 공포와 동의어이다.

눈의 여자는 바다가 하늘에 닿을 만큼 높이 융기해서

드넓은 고원이 된, 그 높은 산들 속에 산다. 나무 한 그루 없고, 생명체도 없는 '그곳', 거기에 보태어 공기까지 희박한 '그곳'에.

'연꽃 위에 태어난 자'라는 이름을 가진, 저 아래 더운 나라, 부처의 고장에서 온 승려가 '이곳'에 도착했다. 그는 '이곳'의 한 동굴에 앉아 백 권의 책을 번역했다. 그는 책을 다 번역한 뒤 높은 산의 동굴 속에 감췄다. 그가 떠나고 수백 년 후 '보물을 찾아내는 자'라는 이름을 가진 자로 환생한 그의 제자가 한 권의 책을 찾아냈다. 그 책의 이름은 『바르도 퇴돌』이었다. 풀이하면 '둘do 사이bar를 듣다thos 그리고 깨우치다grol'의 뜻이다. 둘 사이는 모든 사이를 일컫는다. 이를테면 황혼 직후의 보랏빛 시간을 듣는 것. 그 사이, 틈을 '들을 수 있으면' 영원히 자유에 이를 수 있다고 했다. 나는 우리나라에서 죽은 자들을 편안한 곳으로 안내하는 책을 읽으면서 '바르도'가 이 나라 어딘가에 있을 것이라고 막연히 상상했었는데, 이 나라에 왔더니 이들은 '사이'가 저기 있다고 멀리 설산 너머를 가리킨다.

그럼에도 이곳에선 모든 것들의 사이인 '그곳'이 손에 잡힐 듯 다가온다. 수목한계선 위에 있어 나무 한 그루 없고, 거기에 더해 공기가 부족하다. 눈만 감으면 금방 꿈나라로 들어갈 수 있다. 걸음을 조금만 빨리해도 숨이 차서 쓰러진다. 나는 사원들에서 이곳의 신도들을 따라 오체투지에 매진하다가 정신을 잃고 한없이 공중으로 떠다니는 꿈을 순간적으로 꾼다. 그러다가도 내 악몽을 '착첼'이라는, 얼굴을 땅에 파묻는 몰입 속에 의탁해두고 달아나고 싶어진다. 여기를 벗어나 저 아래로 가야지 하는 생각이 반복적으로 올라온다. 헐벗거나 눈 덮인 산맥의 리듬, 그리고 사막 빼고는 아무것도 없는 곳, 눈 덮인 봉우리와 계곡의 장엄함, 어느 세상에서도 들어보지 못한 깊은 적막과 고요, 나는 내가 살아서 바르도를 침입한 도둑인가 의심한다. 그러다가도 이곳 어디나 거룩한 땅이어서 신발을 벗고 싶어진다.

신성이 거주하는 곳이라 하더니 이제 제국의 관광지로 전락해버렸다. 미개와 괴기의 나라로 폐기 처분되어

버려져 있다. 신들의 나라라더니 이제 신들은 다 도망가고 신을 잃은 사람들만 추위에 떤다. 피로와 권태와 포기가 사람들의 얼굴에 발라지고, 새겨져 있다. 신도 없고, 신도도 없고, 아무것도 없다. 이제 곧 증발할 나라.

그러나 나는 '이곳'에서 '너'는 결국 죽고 말 존재라고 누군가 계속 따라다니면서 말해주는 소리를 듣는다. 나는 내 존재가 순간순간 휘발되는 것을 느낀다. 스르르 지워졌다가 나타나는 내 존재. 나는 심연이 솟아올라 고원이 되었듯 나의 내면이 밖으로 솟아 나와 강렬한 햇빛에 구워지는 냄새를 맡는다. 나는 내가 떠나온 어머니의 자궁이 검푸른 천막처럼 공중에 펼쳐져 있는 것을 본다. 높은 산 위로 떠다니는 심연을 본다. 어린 시절 읽었던 동화의 세계, 그 끔찍한 등장인물들이 끝없이 돋아나 나에게 말을 건다. 그들이 모두 여기 살고 있었구나. 40인의 도적이 잠든 나를 흔들어 깨우며 내 안의 보석을 내놓으라 칼을 들이대 번쩍 눈을 뜨기도 한다. 내 지나간 시간들이 되살아나 참을 수가 없다. 그들이 말을 걸어와 귀가 먹먹하다. 나는 내가 몇 살 먹은 사람인지 도무지 종잡을 수 가 없다. 높이 올라갈수록 깊이 내려가는 것처럼 숨이 막힌다. 실존의 바닥없는 무無는 바닥이 아니라 공중, 이곳에 있었다. 폐포가 커져서 북처럼 몸이 울린다. 작은 아이가 내 허파를 둥둥 친다. 이명이 점점 커진다. 커져서 내 몸을 꽉 채운다. 내 몸은 하나의 허파다. 곧 터질 허파꽈리'들'의 그물이다. 그물로 만든 북이다. 그 그물북에서 설익은, 그러나 상한 영혼의 냄새가 난다. '이곳'에 살던 사람들의 죽음은 세상 어디에서보다 재빨리 처리된다. 금방 잊힌다. 도끼와 망치, 독수리의 주둥이가 죽음을 처리한다. 주검을 거두는 붉은옷을 입은 승려의 희디흰 앞치마. 이곳의 경전은 죽음과 삶 사이에서 다시 올라탈 자궁을 잘 고르는 법을 가르친다. 이곳, 텅 빈 곳의 공허로 가득 찬 이곳은 있지도, 없지도 않은 장소다. 이곳에 사는 사람들은 산 것 같지도, 죽은 것 같지도 않다. 그렇게 느껴질 때가 많다. 그러기에 이곳에 사는 눈의 여자는 선하지도 악하지도 않고, 인간도 신도 동물도 아니다. 눈의 여자는 존재의 심연 속에서, 터질 것 같은 희박함 속에서 만나는 가장 숭고한 공포, 없음의 얼굴일지도 모른다. 어쩌면 플라톤의 '코라' 같은 곳에서 실종된 자의 얼굴, 그런 것일지도 모른다.

그러기에 '눈의 여자'는 '없음'과 '희박함'의 동의어, 그 공허의 의인화다. 나는 사막에 다녀온 직후의 나를 불러낸다. 먼저 사막에서 돌아온 내가 말한다. '그곳엔 아무것도 없었어. 나밖에 없었어. 물도 없고, 집도 없고, 사람도 없고, 나무도 없었어. 그런데 오직 있는 것, 모래와 태양과 둥근 지평선. 눈의 여자들은 심하게 있었어. 있는 것들은 모두 나를 따라왔어. 아니, 있는 것은 모두 나였어. 둥근 지평선만큼 내가 둥글게 확대되어서 태양처럼 뜨거운 나의 뇌를 이고, 사막처럼 두껍고 무거운 나를 끌고 걸었어. 있는 것은 모두 너무 싫고, 없는 것은 모두 너무 그리웠어.' 그러자 아직도 이곳 고원에 있는 내가 대답한다. '그런데 여기엔 그 없는 것 중에 하나가 더 없어.' '뭔데?' '공기, 나는 나를 들이마시기가 힘들어. 뱉어놓고는 다시 들이마실 수가 없어.'

눈의 여자는 잎들이 어수선하게 흔들리고 나뭇가지가 지끈 부러지는 깊은 그곳에 느닷없이 출몰한다. 저기 서 있다. 저기 보인다. 눈의 여자다!

사막의 내가 말한다. '걷다 보면 정말 신기루가 나타났어. 바다야, 물이야. 언젠가 사막은 바다였다고 소리치는 걸까? 그러나 저건 신기루야, 하고 자각했는데도 바다는 사라지지 않았어. 사막여행을 같이한 내 딸은 신기루 속에서 불교 사원을 봤어. 똑같은 곳을 바라보고 있어도 한 사람은 바다, 한 사람은 사원.'

그러자 아직도 고원에 머무르고 있는 내가 대답한다. '높은 곳을 오를수록 숨 쉬기 힘들어. 한 걸음 높이 오를 때마다 바다 밑으로 한 걸음 내려가는 것과 똑같아. 깊이는 높이고, 높이는 깊이야. 산중 바위에 박힌 조개 화석들을 보았어. 그러나 더 견딜 수 없는 건 내 안에서 흰 여자가 움직인다는 느낌이 들 때야. 지저분한 숲, 기억들이 어수선하게 널린 곳, 어딘가 내 속에서 나뭇가지가 지끈 부러지면서 흰 여자의 발자국이 깊이 패고 나는 자지러지는 거야. 나보다 큰 괴물이 내 속에 들어앉은 기분, 알아?'

눈의 여자는 천사이자 짐승이다. 악마이자 유인원이다. 설인이자 갈색곰이다. 승려이자 귀신이다. '네 이름이 뭐니?' 하고 끝없이 질문을 받는 무엇이다. 나는 돌아와 동료 시인들에게 눈의 여자를 그려보라고 주문했다. 그들은 모두 '심리 테스트 같은 거야?' 하고 되받았다. 그리고 모두 다르게 눈의 여자를 묘사하기 시작했다.

천사: 눈의 여자의 이름을 처음 들었을 때, 나는 제일 먼저 구로사와 아키라의 「꿈」(1990)의 한 장면을 생각했다. 설산에서 조난당한 사람을 하염없는 손길로 덮어주는 여자. 가볍고, 따뜻하고, 세상에서 가장 달콤한 손길로 조난자의 머리를 쓰다듬는 여자. 눈발에서 뽑은 실로 옷감을 짠 가벼운 옷을 입은 여자. 동사하는 사람들이 대부분 그렇듯 조난자는 희디흰 천사의 손길 아래 따뜻하게 죽는다. 설탕 지옥에 빠진 개미처럼. 눈사태 속에서 자신의 집을 하얀 관 삼아 죽어가는 산골짝의 노인 부부처럼. 집채보다 더 큰, 희디흰 고래의 배 속에서 소화되는

사람처럼.

짐승: 눈의 여자를 목격했다고 주장하는 사람들은 눈의 여자가 두 발로 서며, 큰 비명을 지를 줄 알며, 밤에 몰래 마을에 내려와 야크나 염소를 먹어치운다고 한다. 마치 늑대처럼, 혹은 곰이나 호랑이처럼. 눈의 여자의 식성은 풀, 나무, 버섯, 염소, 양, 야크, 못 먹는 것이 없다고 한다. 눈의 여자를 짐승이라 부르는 것은 양식을 약탈해 가는 야행성 짐승에 대한 공포를 반영한다. 눈의 여자의 털은 바람에 날릴 정도로 길고, 몸집은 인간의 두 배 정도 되며, 발자국의 깊이는 코끼리의 것과 흡사하다고 한다. 그러나 어디서도 이 짐승의 뼈, 가죽이 발견되지는 않았다.

악마: 자연 속에 사는 악마가 어디 있겠는가. 악마는 역사 속에서 조립된다. 이 나라 불교의 승려들이 눈의 여자의 탈을 쓰고 만사형통이라는 이름의 축제 중에 춤을 추는 것은 모든 권력 체제와 종교에 필요한 공포, 그 상징

물을 보여주기 위함이 아니었을까. 이 명명은 고원의 종교 속에서 조립되어 문맹인 신도들의 입을 타고 고원 전체로 공포의 물결을 타고 퍼진다. 동네에서 가장 아리따운 처녀를 옆구리에 끼고 달아나 동굴 속에서 아이를 낳게 한다는 이야기도 있어서 눈의 여자가 수컷이라는 설도 있다. 불운을 가져다주기 때문에 그 이름을 입에 담아서는 안 된다.

유인원: 사람들을 공포에 떨게 하는 것일수록 인간의 형상에 가까운 것이라야 한다. 인간만이 비인간적일 수 있으며, 인간이란 존재만큼 그 미지의 영토가 넓은 것이 또 있겠는가. 그러기에 눈의 여자는 기괴한 인간의 모습을 갖추고 있어야 마땅하다. 눈의 여자가 50만 년 전 히말라야에 살았다는 기간토피테쿠스의 후손이거나 진화를 맹렬히 거부한 네안데르탈인이라고 명명하는 사람도 있다. 인간이 인간이 아닌 것이 된다는 것이, 내가 나 아닌 것이 될 수 있다는 것이 이 세상에서 가장 공포스러운 일 아니겠는가. 더구나 내 모습의 가장 흉측한 기원인 눈

의 여자를 미지의 영토에서 마주친다면 그 얼마나 무섭겠는가. 이 나라 사원의 탕카들엔 유인원의 모습이 그려져 있다. 눈의 여자들은 주로 곰의 위쪽에 자리 잡고 긴 팔을 흔들며 가볍게 춤을 춘다. 그 모습은 광인이나 노숙자처럼 보인다. 혹은 몇십 년 산속에서 홀로 숨어 살며 묵언을 하기로 작정한 밀교승들처럼 보이기도 한다.

설인: '예티 죽이기'라는 게임에서 눈의 여자의 몸은 하얗다. 마치 털이 탈색된 오랑우탄 같다. 팔은 길고, 두 발로 뛴다. 곰도 아니고 유인원도 아니지만 그 중간 형상임에는 틀림없다. 총을 맞아도 잘 죽지 않는다. 웅크리고 있다가 불총을 맞으면 달려든다. 설인의 암컷을 메티라 부르기도 한다. 설인이란 명명은 번역상의 오류다. 이 나라 밖에서 통용되는 명칭이며 이 명명 속에는 '백색 괴물'이라는 함의가 들어 있다. 내 시인 친구들의 상상 속에 이 모습이 가장 흔하다.

갈색곰: 유럽의 여행가나 인류학자 들은 이 나라의 산

천을 속속들이 다니면서 눈 속에 찍힌 발자국을 눈의 여자의 것이라 주장하거나 혹은 고산에서 사는 곰의 사진을 찍어 눈의 여자라고 확정한다. 그리하여 갈색곰이 눈의 여자라는 새로운 확정설이 세상에 유포된다. 드디어 신화는 증명되었고, 전설은 곰의 가죽처럼 백일하에 냄새를 풍기게 되었다. 마늘 냄새, 혹은 야크 버터 썩은 냄새, 이곳 사람들의 외투에서 나는 냄새, 혹은 1년에 한 번만 씻는 얼굴을 마주하고 혀를 내미는 인사를 나눌 때 나는 냄새. 그들이 온천에서 몸을 씻고 간 다음에 나는 냄새.

승려: 이곳의 인구가 늘지 않은 이유는 아들 중 하나를 사원에 보내야 하는 종교법 때문이다. 승려들은 일평생 사원에 살아야 하는 운명 속에서 자신의 도통과, 명예를 높이고 역량을 키우기 위해 별의별 수행법을 다 개발한다. 그중 축지법을 수행하는 계열도 있다. 그들은 여러 날에 걸쳐 빠른 속도로 대지를 걸어간다. 누군가 그의 걸음을 막아서면 그 자리에서 죽을 정도로 그는 신들림 상태에 있다. 아무것도 보지 않고, 아무것도 먹지 않고 스

승이 내린 주문만 암송하며 걸어간다. 왼발이 땅에 닿기 전에 오른발을 내미는 마음으로 달려간다. 하늘이나 별만을 응시하며, 체중을 느끼지 않고 돌격한다. 이런 승려를 어둠 속에서 만나면 그를 부르지 말아야 한다. 그는 불러도 듣지 못한다. 또한 그와 눈이 마주쳐도 놀라지 말아야 한다. 그는 보고 있는 것 같지만 아무것도 입력하지 않는다.

귀신: 한 승려가 악령이 출몰하는 숲속의 밤 혹은 천장天葬이 끝난 몇 시간 후의 벌판, 아직 독수리가 채 먹지 못한 인간의 살점이 널린 산중, 혹은 다음 날 새벽 천장을 위해 시체가 도착한 그 자리에서 사람의 허벅지 뼈로 만든 피리를 분다. 그는 귀신을 부르고 있다. 귀신과 한판 싸워 이기는 것이 그의 목표다. 그는 혼자서 관객도 없이 일인극을 펼친다. 혼자 연출하고 공연한다. 그는 이 일인극으로 죽을 수 있다는 것을 알고 있다. 그는 공포에 질려 소리치고, 피리를 불고, 기절하고, 깨어난다. 이 와중의 어느 지점, 검은 진흙 호수에서 거인이 나타난다. 거

인이 수행자를 덮친다. 수행자는 그 거인을 척결해야만 한다. 그렇지 못하면 그 거인은 영영 저승으로 떠나지 못한 채 승려를 먹거나, 어둔 밤 숲속에 출몰하거나 한다.

눈의 여자는 우리가 언젠가 잃은, 그러나 우리에게 있었던, 어떤 형상일지도 모르겠다. 간직하고 있었지만 한 번도 꺼내 본 적이 없는 형상. 그래서 점점 커져버린 형상. 지상에서 가장 높은 산맥 언저리에 사는 이곳 주변의 나라들 곳곳에서 눈의 여자의 이름은 각각 다르게 불린다. 그 이름이 다른 만큼 의미도 다르다. '그녀 설인' '악마의 할머니' '끔찍한 설인' '창녀' '갈색곰' 등등. 지방마다 조금씩 다르긴 하지만 공통적으로 여성을 비하해 부를 때의 명명들이다. 눈의 여자가 설인이든 웅인이든 갈색곰이든 귀신이든 간에 눈의 여자는 행실이 나쁜 '여성'이다. 이제 눈의 여자는 안팎에서 '그년/눈의 여자'라 불린다.

'짐승하기'를 용납할 수 없는 사람들이 붙인 이름, 그년/눈의 여자. 욕설로 불러야 마땅하다고 생각하는 비천

탕카 회화 속 눈의 여자.
(©Granger.com)

한 것. 여성을 동물과 동일시해버리는 것처럼, 미지의 것을 무참하게 이성을 침범하는 요물로 만들어버리는 것.

그년/눈의 여자는 광대하나 황폐하며, 일체가 희박한 땅에서 자신들의 힘으로 할 수 있는 일이 거의 없다는 것을 깨달은 사람들이 찾아낸 하나의 감응, '여자짐승하기'이다. 수도하는 사람들은 라마의 명을 받들어 폐쇄된 동굴 속 같은 지독한 갇힘에, 혹은 광대무변한 황야와 같은 지독한 열림에 단신 내던져진다. 그들은 황야와 자신 안에서 얼마나 많은 기괴한 형상들과 조우했을까. 이곳에 사는 평범한 사람들 또한 거친 땅 굽이굽이에서 얼마나 많은 기괴한 환영들을 보고 만났을까. 그들은 척박한 자연과 애니미즘적인 이곳 불교 사이에서, 모두 잠든 한밤중 야크를 약탈해 간 짐승과 해독할 수 없는 문자로 꽉 찬 철옹성 같은 사원의 경전들 사이에서, 장엄한 자연과 봉건적 정부 혹은 제국에서 온 어린 병사들의 욕설과 터무니없는 요구들 사이에서 얼마나 혼란스러웠을까. 나는 사원들에서 경전이 쌓인 책꽂이 밑을 엉금엉금 기어 다니는 순례자들을 무수히 보았다. 경전 밑을 기어가는 것

만으로도 경전을 읽는 것이 된다고 문맹자들을 가르쳤기 때문에 그들이 그리하는 것이다. 경전의 구절들이 도르르 말린 마니차를, 먹을 때도 걸을 때도 평생 쉬지 않고 돌리며 사는 것도 그와 같은 가르침 때문이다. 이렇듯 미지의 문자와 미지의 자연 사이에 포획되어 살아가다 보면 죽은 사람이 49일간 머문다는 죽음과 재탄생 사이의 중간세계를 평시에도 목격하게 될 것 같다. 그러기에 그녀/눈의 여자는 그들의 감각의 혼란과 사원에서 요구한 얼핏 공허해 보이는 평정심 사이에서 만들어진 어떤 경계의 상징물이 아닐까. 이곳 사람들은 그녀/눈의 여자의 존재를 설파하면서 그녀/눈의 여자의 힘과 자신들의 무능력, 그녀/눈의 여자의 이름을 듣는 청취자의 호기심과 놀람, 경외감 사이에서 말할 수 없이 쾌감을 느끼는 것 같다. 내 질문에 자신은 이제 그런 존재는 믿지 않는다면서도 갑자기 어깨를 펴며 나를 내려다보던 사원 안내자의 눈빛이 생각난다. 어쨌거나 그들은 그녀/눈의 여자를 광대한 성소와 같은 자연을 가졌으나 세상에서 제일 무능한 것처럼 느껴지는, 자신들의 처지를 어루만지는 성스러운 수다의 주인공으로 삼았다. 그들은 우리나라 최초의 원시공동체들이 자신들의 공동체를 '여성적'인 것으로 상정하고 추석에 신께 노래를 바쳤듯이 자신들의 공동체의 본모습을 하나의 여성적 화신으로 발명했다. 그러기에 감각과 의미, 동물과 신 사이에서 어정쩡한 존재자로 살아가는 자신들의 변신을 향한 가리고 싶은 욕망을 반영한, 그 화신이 그녀/눈의 여자일 것이다. 그리고 그 욕망을 하대해 눈의 여자를 상스러운 '그년'이라고 부르며 조롱하는 것일 것이다. 그녀/눈의 여자의 존재성은 초월적이기보다는 초자연적이다. 문명으로 익힌 것이기보다는 자연의 날것이다. 그녀/눈의 여자는 이곳 밖의 사람들이 말하는 '진화', 여자의 가장 낮은 단계에 숨어서 이곳 사람들의 그리움, 소망, 두려움을 감싸고 있다. 마치 창녀 같으나 어머니처럼. 그리하여 이곳 사람들이 그녀/눈의 여자에 대해 말하거나, 혹은 말을 삼가는 것 자체가 '더러운 성스러움'이 되는 것이다. 그녀/눈의 여자는 우리가 단군신화 속에 들어앉힌 웅녀처럼 잃어버린 시원이자, 잃어버린 어머니, 곰이라고 하대해 부르면 기분 좋은 여성적 존재다. 마침 에베레스트의 이 나라식 명명, 초모랑마는 세계의 어머니라는 뜻이 아니던가. 더구나 그녀/눈의 여자를 목격했다고 주장하는 사람들은 그녀/눈의 여자에게선 세상에서 제일 지독한 악취가 난다고 하지 않던가. 그녀/눈의 여자는 세계에서 가장 높은 곳에 사는 이곳 사람들보다 더 험하고 높은 곳에 산다. 그녀/눈의 여자는 우리가 세상에 태어나 한 번도 마주친 적이 없는 것처럼 저마다 묘사가 다른, 낯선 모습을 하고 있다. 낯선 것은 비밀의 시간들 속에는 익숙했던 것이다. 마치 내가 태중의 시원 속에서 잃어버린 어머니의 얼굴처럼. 바다에서 솟아오른 설산의 조개껍데기 화석들처럼. 어떤 목격자는 그녀/눈의 여자가 등에 아기를 업고 쏜살같이 산을 타는 모습을 봤다고 증언하기도 한다. 그러기에 어쩌면 그녀/눈의 여자는 우리가 눈으로 볼 수 있고, 귀로 들을 수 있는 존재가 아닐지도 모른다. 그녀/눈의 여자는 이곳 사람들이 그들을 부르는 이름만큼, 그들이 그녀/눈의 여자를 얘기할 때의 온갖 손짓과 들뜬 목소리의 '수다'만큼 그 수가 많을지도 모른다.

여러 날 꿈속에 얼음공주가 나타났어요. 그러다 생시에도 얼음공주를 물끄러미 바라보게 되었지요. 저 눈 덮인 높은 산맥 어느 봉우리에 얼음공주가 살고 있었어요. 그녀는 메아리시녀들을 거느리고 살았지요. 메아리시녀들은 아무도 그곳에 가까이 오지 못하게 했죠. 야호가 오면 야호시녀가 야호를 돌려보내고, 만세가 오면 만세시녀가 만세를 돌려보냈지요. 쿵이 오면 쿵시녀가 쿵을 얼음 덩어리 속에 감추었지요. 두 뺨에 거대한 촛농처럼 눈물을 매단 얼음공주를 본 적이 있나요? 얼음공주가 그곳에서 눈물농사 짓는단 얘기 들어본 적 있나요? 얼음공주가 힘껏 울면 6월이고요, 얼음공주가 눈물을 그치면 10월이에요. 공주가 눈물 그치면 사람들은 움막 밖으로 한 발자국도 나오지 않고요, 짐승들도 제 우리에 웅크리고 옴마니반메훔 옴마니반메훔 그러고만 있어요. 길인지 자갈밭인지는 아무도 돌아다니지 않아요. 그러다 6월이 오면 메아리시녀들이 곡간 문 열어요. 그러면 눈물이 바위산 아래로 큰 강물 이루어 흘러내려요. 양 떼를 몰고 사람들은 그 흐르는 눈물 곁으로 이사 가고요, 바위산 계곡 곁엔 초록색 부채처럼 생긴 땅이 나타나지요. 저 아래 제일 낮은 사막에선 오아시스가 넘친대요. 그러면 눈물방울 알알이 청보리 농사짓는 사람들이 검은흙 맨발로 밟아요. 겨우내 바싹 마른 당나귀들이 목욕도 하지요. 돌산 드문드문 노랗게 유채꽃이 피고요, 깊은 산들은 세찬 눈물폭포 천 개씩 매달아 소리소리 질러요. 큰 짐승들은 우리에서 나와 멀리멀리 여행을 떠나요. 그러면 그럴수록 얼음공주는 세차게 울어요. 어찌나 세차게 우는지 공주의 머리카락이 모두 빠질 정도래요. 두 눈이 눈꺼풀도, 눈썹도 없이 맺혔다가 떠내려가버려요. 희디흰 귓속 검디검은 고막은 하늘 높이, 아주 높이 떠버려서 그 때문에 하늘은 더 검푸르러진대요. 그때가 바로 얼음공주가 쫓겨날 때예요. 공주의 거처까지 올라서 몸속의 피만 남기고 몽땅 얼어붙었다가 겨우 살아나온 사람이 그러는데, 그곳에서 희디흰 눈물 다 쏟아낸 뒤 온몸 뭉그러진 얼음공주가 뒤뚱뒤뚱 쫓겨나는 걸 본 적이 있다나 봐요.
공주의 걸음걸음 검은 피 쏟아져 돌무더기 꺼멓게 물
들더래요. 그 사람은 공주를 본 벌로 두 눈을 몽땅 잃
었어요. 내가 처음 눈 덮인 산맥 아래서 그녀가 우는
소릴 들었을 땐 그만 정신이 아득했어요. 천 년을 산
다고 해도 가슴을 떠나지 않을 처참한 울음소리, 스
산하고 쓰라린 표정을 그곳에서 만나게 된 이후, 나는
그만 차디찬 눈물 쏟는 얼음공주를 생시에도 물끄러
미 바라보게 되었지요. 공주의 눈물 천 바가지 만 바
가지 마시고 싶을 만큼 매일 매일 갈증이 나네요.

—「눈물농사」 전문(『당신의 첫』)

포탈라궁의 입체 만다라는 방 하나를 가득 채울 만큼 거대하고, 호화롭다. 가운데 황금탑이 세워져 있고 그 마지막 테두리에는 천장 하는 모습이 그대로 조각으로 재현되어 있다. 작은 사체들이 즐비하게 뉘여 있고, 반쯤 벗겨진 살, 내장들, 천장을 집행하는 라마승, 피, 독수리들이 정교하게 인형들로 빚어져 탑 둘레를 감싸고 있다. 이

나라의 만다라는 한 인생의 고결함과 악마성, 그 사람의 시간과 공간의 동시성을 그대로 반영한다. 사원에서 린포체들은 금속 쟁반 위에 곡식이나 물, 작은 보석알들로 몇 시간씩 계속해서 화신化身 만다라 공양을 한다. 하루 종일 쌓았다가 다음 날 부수고 다시 하루 종일 쌓는다. 세상에서 제일 작은 퍼즐 조각 맞추기 같다. 만다라는 원형적인 자기self가 외부 세계로 나타난 도형이다. 내부가 외부로, 외부가 내부로 드러난 그림이다. 그림 안엔 원형적 체험과 현재 자신의 체험, 생각을 동일시하는 표상이 등장한다. 만다라는 한 인간이 개인적 삶의 과정 속에서 야기된 혼란을 심리적으로 치유하려는 의지가 반영된 도형이다. 이곳 사람들은 만다라를 향해 오체투지로 다가간다. 만다라를 그리는 사람은 만다라를 그림으로써 자신의 심미안의 개안과 아울러 영성적 각성에 이른다. 도상의 내면화, 형태의 내면화 혹은 그 역逆이 이루어진다. 이것으로 수행자는 일상적 흐름의 시간을 벗어나 교감과 몰입의 성스러운 순간을 경험하게 된다. 왜냐하면 거꾸로 달려와 형상이 된 시간들의 무늬가 일종의 영성적 완전태를 현재에 되살려놓기 때문이다. 만다라의 도상 속에는 인간과 우주의 구성 요소들이 동일한 평면 위에 평등하게 펼쳐져 있다. 이것이 바로 밀교의 세계관이다. 이 도상을 내면화하면 우리는 우주의 질료를 심상으로 구축할 수 있게 된다.

토요타 랜드크루저를 빌려 타고 이곳을 돌아다니면 마치 만다라의 미로 속에 빠진 것 같은 느낌이 든다. 그 미로가 이곳 사람들의 비밀 이야기를 묶어주었다가 풀어주고, 풀어주었다가 묶어주었다. 그녀/눈의 여자에 대한 이야기 미로는 미로를 빠져나오려 한, 도망 중인 자의 기록의 일부분일지도 모른다. 이 공간의 내부는 막다른 길과 되돌아 나와야 하는 길로 가득 차 있었고, 어디까지 가야 할지 아무도 모르지만, 춤추듯 움직이는 파동의 질서, 내밀한 신성과 오만의 숨결이 있었다. 지금 이곳 사람들은 미로를 우회하는 중일까, 아니면 그 속에 빠진 미노타우로스인 그녀/눈의 여자를 영원히 건지지 못하겠다고 무심의 절대 절망 속으로 빠져버린 걸까.

산중 사원들의 벽에는 찬란하게 그려놓은 만다라들

이 많다. 혁명의 와중에 젊은 병사들의 부엌으로 사용되어 그을음이 덕지덕지 붙었거나, 경전의 종이들을 녹여 만든 회반죽으로 덧칠된 만다라들이 많지만 그 다양한 모양은 정말 장관이다. 더러운 벽 중앙에 턱 버티고 선 추상의 총체다. 서양에서 추상회화가 등장하기 전부터 동양 불교엔 만다라라는 거대한 추상이 있었다. 경배하지 않고 쓸어담아버렸다. 햇빛과 하늘과 산이 찬란한 장엄한 고원은 세상에서 사람이 살기에 가장 척박한 곳 중 하나다. 몇 시간 사막인가 하고 가다 보면, 다시 설산이 나타나고, 하늘과 제일 혹은 두번째로 가깝다는 소금 호수들이 나타난다. 설산 속에서 설견雪犬이 툭 불거져 나와 컹컹 짖다가 들어간다. 나는 미로 속의 개처럼 자동차의 바퀴를 잡아끄는 진창들과 모래 구덩이에 빠지다가 벗어나다가 오다가 가다가 한다. 갈팡질팡하고 숨을 헐떡거린다. 그러나 신은 어디에 있단 말인가. 저 수많은 산중의 전염병 걸린 강아지들처럼 엎드린 곰파와 암자 속에서 밀실 수행 중인 린포체들이 신이란 말인가. 누가 이 미로 속의 눈 개를 구원해줄 건가. 내가 쓰는 이 글 또한 미로가 되어버렸다. 나는 그녀/눈의 여자의 냄새를 맡고, 그녀/눈의 여자는 나의 냄새를 맡는다. 우리는 암캐, 수캐처럼 서로를 할퀴며 빙빙 돈다. 그녀/눈의 여자도 나처럼 길을 잃었다. 설산 아래 그녀/눈의 여자가 눈사자처럼 나타났다가 사라진다. 곪아터진 부처의 입술 속에서 그녀/눈의 여자가 나타났다가 사라진다. 이곳의 산중 사람들은 그녀/눈의 여자처럼 기골이 장대하고 늠름하며, 냄새가 요란하고, 일단 말이 시작되면 모두 뭔가를 내놓으라면서 천장터의 검고, 더럽고, 날카롭고, 멀리 날 줄 알지만 먹이 앞에서 한없이 비굴하고 장대한 독수리들처럼 달려든다. 뭔가를 달라고 하면서도 미소를 버리진 않는다. 이 사람들과 말하고 있으면 자연히 먼 옛날에 사람들은 원래 이런 표정이었을 거라는 생각이 든다. 기골은 장대하나 어린아이 같은 행동과 표정. 천진한 미소와 감추지 못하는 강렬한 요구. 하늘과 가장 가까운 천공의 성에 식민지가 있다니.

오염을 감수하고 하루하루 살아가면서 심중에 품은

비밀을 죽음까지 끌고 사라져 가버린 식민지 사람들의 고통을 누가 다 알 수 있겠는가. 그들, 천공의 성에 사는 한 사람 한 사람 속에는 각기 그 모습이 다른 그녀/눈의 여자에 대한 성스러운 혹은 창피스러운 비밀이 들어 있을 것이다. 눈의 여자는 먼, 먼 원시의 계곡 속에서 온 '그 여자'의 모습과 다를 바가 없을 것이다. 마치 히말라야의 설인을 그려보라고 하면 전 세계의 사람 모두가 각자 다른 모습을 그려 보이듯 그녀/눈의 여자는 그들 각자가 품은 비밀만큼 다른 모습을 갖고 있을 것이다.

나는 그곳을 떠나 히말라야를 굽이굽이 내려왔다. 수목한계선을 지나자마자 밀림은 우거지고 기나긴 폭포는 맹렬히 소리쳤다. 내 생애 중 초록색이 그렇게 징그러워 보이기는 처음이었다. '너무 있는 곳'에 도착했다는 슬픔이 그렇게 클 줄 몰랐다.

쥐

우리를 게으르다고, 선악의 구분이 없다고 했는가. 어둔 곳에 산다고 했는가. 번식엔 열심이지만, 청결엔 관심이 없다고 했는가. 일찍이 진화를 멈춘 종족이라고 했는가. 색깔이 짙은 것은 나쁘고, 색깔이 없는 것은 좋다고 했는가. 많다고, 너무 많다고 손가락질했는가. 검은 죽음을 옮기고 다니는 종족이라고 했는가. 음탕하고, 시궁창 같다고, 부끄러움이 없다고, 곳간의 곡물을 훔쳐 먹고, 환한 세상의 발꿈치를 갉아먹는다고 했는가. 나는 왜 나가 아니고, 우리인가. 은유들 속에는 무엇이 감추어져 있는가.

네가 나를 쥐라고 부르면, 나는 쥐가 되는가. 그러나 너는 쥐의 번식을 감당해본 적이 있는가. 너는 사라져가는 무수한 너의 뒷모습을 껴안으려 해본 적이 있는가. 네가 나를 여자로 부르자 나는 여자가 되었다. 그러나 너는 사라져가는 나의 뒷모습들을 지켜본 적이 있는가. 한 여자의 수만 가지 분열을 견뎌본 적이 있는가. 네가 나를 검은 거울처럼 바라보자 나는 그만 시간을 멈춘 거울이 되었다. 그러나 너는 네 검은 거울 속으로 들어가본 적이 있는가. 한 개 거울의 수억만의 일생을 다 거슬러가본 적이 있는가. 거울아 거울아 세상에서 가장 신비한 거울아! 거울아 거울아 동굴처럼 어두운 거울아! 혹은 거울아 거울아 세상에서 가장 어두운 거울아! 부르는 너는, 그 거울에 비친 너를 하나도 남김없이 다 견뎌낼 수 있는가. 너는 너를 얼마나 잘 가꾸었기에 온전히 '나'인가.

어차피 그들에 대해서 말한다는 것, 그것은 커다란 치즈 덩어리에서 단지 한 조각을 떼 내어 냄새를 맡아보는 것에 지나지 않는다. 그들은 하나가 아니다. 그들은 무한 겹겹, 여럿이다. 그들의 신은 하나가 아니다. 3억의 신이 그들 곁에 있다. 그러나 이도 다가 아니다. 신들은 늘 분열한다. 신들은 무한한 방식으로 자신들의 화신을 시시

때때 무한수로 만들어낸다. 그리하여 어느 신의 이름은 1천8백 개다. 그는 하늘과 땅, 바다에 걸쳐 골고루 자신의 형상들을 뿌려놓다 못해, 반수獸반인, 반어魚반인, 반사蛇반인까지 만들어놓는다. 심지어는 자신을 넘어 자신을 사랑하는 사람 혹은 사랑하는 사람을 사랑하는 사람의 분신의 형상으로 환생하기도 한다. 남의 자궁으로 들어가 다시 태어나기는 예사다. 그들은 자신들의 과거, 미래, 현재를 동시에 산다. 필요할 때마다 분열, 증식한다. 그들처럼 나는 하나가 아니다. 나는 여럿이다. 나는 무수하다. 나는 수시로 환생하고, 수시로 죽으며, 살아서 죽고, 죽어서 산다. 심지어 어떤 나는 너에게 속해 있다. 나는 우주에 미만하다. 아 놀라워라, 이 땅엔 우주의 지존의 육화된 화신들이 득실득실하다. 나는 지금 이 순간 그들 중 하나다. 하나인 그것들이다. 나는 나의 실체를 모르지만, 나의 전부를 알 수 없지만, 지금 이 순간 여럿이다. 나인 그것들이 뒤엉켜 서로 사랑하고 자식을 낳고, 그 자식이 또 자식을 낳는다. 당신은 그 모두를, 그 모든 형상을 구분할 수 있겠는가. 당신은 그들 중 누구를 사랑하는가. 사랑한다고 말하는가. 누구든 나에 대해 말하는 것은 쥐 두 마리가 생산한 세상의 모든 쥐 중에서, 몇 마리를 실험실에 가두어놓고, 그 쥐에 대해 말하는 것에 지나지 않는다. 그 모든 쥐 중 한 마리가 태어나서 죽고, 다시 태어나서 죽기를 거듭하다가 오늘 자동차에 치인 한 순간, 존재의 덮개를 벗는다. 언제나 세상을 들쑤셔 도려낸, 그 상처로 만들어진 길은 많고도 많지만, 세상의 모든 쥐 중 한 마리는 저에게 정해진 그 길로만 다니다가 어느 순간 존재의 모자를 벗어던진다. 나도 그 쥐 새끼 한 마리처럼 세상의 상처인 길 위를 떠돌다가 좀더 멀리 나가본다.

비행기를 내린 사람들이 입국심사대를 향해 계단을 내려간다. 그러나 더 이상 내려가지 못한다. 이미 심사장 안은 인산인해다. 3분에 한 발짝씩 계단을 내려가나 보다. 계단을 다 내려가면 사람들로 끓고 있는 솥 속에 들어간 것 같다. 저기 천천히 컴퓨터 화면을 열람하고, 여권에 도장을 찍어주는 늙은 관리에게 다가가기 위해서는 정면을 보고 서 있어야 하는데 어쩌다가 나는 뒤쪽 계단을 향해 서 있다. 조금 후엔 옆을 보고 서 있다. 몸을 돌릴 수조차 없다. 이렇게 밀리고 저렇게 밀린다. 내 옆의 서양 여자가 소리친다. 이 아시아 여자가 나를 계속 밀잖아? 자신도 그 앞에 선 사람을 밀면서 하는 말이다. 계단을 쳐다보니 또 점보기 한 대분의 사람들이 밀려 내려오고 있다. 입국심사장 안이 너무 더워, 입고 온 겨울 외투를 벗으려 해도 손을 뻗칠 수 없으니 참아야 한다. 내 가슴에 붙은 등이 비명을 지른다. 내 등에 붙은 가슴이 비명을 지른다. 작은 병 속에 가득 갇힌 사람들이 병목을 향해 이리저리 밀리다 어떻게 용케 한 사람씩 빠져나간다. 전 세계의 향신료 냄새와 음식 냄새가 섞인다. 봄 여름 가을 겨울 옷을 입고 전 세계에서 몰려온 사람들을 한데 넣고 끓이는 수프 같다. 사람은 널찍한 공간에 하나씩 하나씩 따로 있을 때에야 인간적인 생각이나 친절, 박애도 떠오른다. 이렇게 좁은 곳에 밀어 넣으면 오히려 자신의 몸, 그 밖에 대해서는 생각할 수 없게 된다. 분노와 짜증이 내 몸속을 달군다. 친절함이니 선함이니 참을성이니 하는 배우며 익힌 것들은 더 이상 피어나지 않는다. 쥐는 짐승을 물지 않는다. 그러나 도망갈 구멍이 없으면 그 짐승을 문다. 다 먹어치워 버린다. 고양이 앞에서도 그리한다. 이리저리 밀리면서 이 나라의 법에서는 사라졌지만, 아직도 삶의 내용과 사람들의 내면 깊숙이 엄존하는 계급제도에 대해 생각해본다. 낮은 계급 사람들은 이리저리 쏠리다가 어느 순간, 이 숨 막히는 곳을 빠져나가게 되는 것처럼 그렇게 이번 생도 마감되는 것, 이렇게 밀고 밀리며 돌다가 다음 생에서 너와 나는 다른 계단에 올라서서, 혹은 내려서서 다시 만날 것이니 이번 생은 참자, 그렇게 믿는 것인가. 어쨌거나 이 공간 안에서만큼은 계급이 없다. 우리는 다만 참고 있을 뿐이다. 어찌어찌하여 도장을 하나 받는다. 입국심사장 밖을 나서니 세 시간 이상이 훌쩍 지나 있다. 이곳보다 넓은 신공항을 새로운 지역에 세우려 했으나 집권 여당이 뇌물을 받았다며 야당들이 연합해 신공항 건립을 막고 있다는 얘기는 나중에 들었다. 공항을 나서자 새 소용돌이가 닥쳐온다. 여자들의 현란한 색깔 의복과 장신구, 남자들의 쇠구슬처럼 떨어지는 눈동자, 온 세상의 식물을 말려서 가루를 내고 그것을 끓인 것 같은 향신료 냄새가 덮쳐온다. 그리고 대도시의 검은 황무지에서 노숙의 삶을 견디는 짐승과 사람 들의 꿈틀거림이 닥쳐온다. 갑자기 몸이 오그라 붙는다.

쥐는 고양이와 개, 소와 돼지와 달리 복수 명사다. 쥐는 쥐를 번식시키는 것 말고는 아무것도 할 줄 아는 게 없다고 전해져왔다. 전염병을 옮기고, 남의 것을 훔치고, 더럽고, 어두운 곳에 산다고 알려져왔다. 그럼에도 사람의 유전자 구조와 유사해서 지구상 모든 연구원과 학생 들의 실험실에서 병에 걸리고, 해부된다. 9·11 당시 『뉴욕포스트』는 쥐를 외국인, 그리고 외국인에 동조하고 그들과 어울리는 미국인을 비유하는 데 썼다. 쥐에게 분노와 혐오를 얹어 지가紙價를 높였다. 쥐mice라는 복수 명사가 신문의 헤드라인에 그때만큼 자주 등장한 때도 드물었다. "쥐들이 다른 쥐들을 잡기 위해 덫을 놓았다." "쥐구멍에서 보내온 메시지." "기선에서 올라온 쥐들." "우리 정보원들이 쥐구멍과 사악한 쥐 떼들을 포위해 들어가고 있다." 만평엔 커다란 쥐가 그려져 있고, "테러리즘"이라는 제목이 붙어 있다. 쥐는 성조기 위에 있는 커다란 치즈 덩어리에 막 손을 뻗치고 있다. 그맨 대통령마저도 '쥐'라는 단어를 공공연히 썼다. 신문은 "그들은 쥐처럼 생기고, 쥐처럼 말하고, 쥐처럼 냄새가 나고, 쥐처럼 숨는다"라고 했다. 신문을 보고 있으면 나를 쥐 보듯 보고 있는 그들, 소위 '본토인'이라는 사람들의 시선이 느껴지는 듯했다. 공동체에 필요한 덕목은 언제나 가정假定이고, 역겨움이고, 공포인가? 이곳에 온 사람들은 누구나 이들의 방대한 신화와 철학, 아름다운 성과 신전과 궁전, 유물에 놀란다. 그러다가도 거리에 넘쳐나는 오물과 사람 사이에서, 자신들이 밀실에서 처리하던 일을 백일하에 처리하고 있는 사람들을 목격하고는, 마치 인간들의 발꿈치 아래 몰래 숨어서 서식하는 쥐들을 뜨거운 햇빛 아래에서 마주친 듯, 단신으로 쥐 떼와 마주 선 듯, 못 볼 것을 본 듯 비명을 지른다. 밭에서 아침 용변을 보면서 여자가 나에게 손을 흔든다. 하이! 물론 나는 대답하지 않는다. 고개를 돌린다. 마시던 찻잔을 움켜쥐고 아침 산책을 종료한다. 화장실, 침실, 하수도, 매음굴, 장례식장 같은 은밀하고 비밀스러운 장소에 숨어서 처리해야 할 일들을 눈앞에 까발려 펼쳐놓고, 아무렇지도 않게 행사를 치른다. 그런데 누가 이 소용돌이 위에다가 신비주의의 장막을 쳐놓은 거야?

검은 여신이 세상을 지배하는 시대다. 여신은 추하고, 더럽고, 무섭다. 이 여신의 손은 네 개다. 한 손에는 피 묻은 칼, 다른 손에는 창, 또 다른 손에는 악마의 머리를 들고 있다. 나머지 한 손만 축복을 내리는 듯한 포즈를 취한다. 얼굴은 간장에 한 천년쯤 졸인 쇠고기장조림처럼 검고, 눈썹 사이에서 칼날이 튀어나오고, 벌어진 입술 사이에선 피가 흐르는 길고 붉은 혀가 쏟아진다. 죽은 아이들로 만든 귀걸이를 달고, 송곳니를 번득인다. 싸움과 학살을 갈망해 눈동자는 붉게 충혈되고, 목에는 곤봉 달린 해골 목걸이가 덜렁거리고, 호랑이 가죽을 온몸에 뒤집어쓰고, 사자를 타고 다니며, 코끼리를 들어 통째로 삼킨다. 남편의 시체를 밟고 춤추는 모습으로 남편과 사랑을 나눈다. 아니, 남편의 몸 위에 올라설 때에만 비탄에 빠진 얼굴을 들어 숨을 헉헉거리며 파괴의 미친 춤사위를 멈춘다. 그녀는 검은 여신, 화장터와 피바다의 여신, 전장의 피를 다 마셔버리고 종당에는 자기마저 마셔버리는 흡혈마녀전사여신이다. 바로 그녀가 이 시대의 대변자다. 그녀는 자애로운 어머니여신이 한 켠에 숨긴 사나움과 맹렬함의 인격화다. 그녀는 소름과 공포의 화신이면서, 히스테리에 빠진 어머니다. 이 어머니는 죽임과 동의어다. 파괴와 동의어다. 시간과 동의어다. 내 속에서 이 무서운 어머니가 죽음을 맞이하면, 나의 시간이 발아한다. 어머니의 집, 자궁은 내 전생의 무덤이다. 화장터다. 어머니라는 죽음이 내 죽음을 패퇴시켜 나는 세상에 탄생했다. 이 시대는 이 어머니가 죽음과 격렬하게 싸우는 시대다. 이 어머니가 악을 파괴한다. 이 어머니가 죽음을 파괴한다. 우리는 이 파괴를 견뎌야 하는 것이 아니라 이 어머니의 싸움에 참여해야 한다. 이 어머니가 추는 승리의 춤, 그치지 않는, 그러나 살인적인 황홀경에 참여해야 다시 태어날 수 있다. 세상의 창조(생성)와 안정(유지)과 해체(파괴)를 담당하는 남신들이 어쩌다 나쁜 세력에 의해 그 권위가 위태로워지면, 우리가 어려울 때 엄마!를 외쳐 부르듯 어머니여신을 청한다. 그러면 이 어머니여신은 그때그때 상황에 맞게 다른 이름, 다른 형상으로 화신한다. 분노한 남신들의 입에서 거대한 에너지가 나오고, 그 에너지 더미가 여신으로 현현한다는 설도 있다. 무소불위의 어머니여신은 무엇이든 가능하다. 이 검은 여신은 자애로운 어머니여신의 이마에서 불쑥 검은 얼굴을 내밀며 탄생했다. 이 무서운 어머니가 가는 곳마다 세상에서 가장 잔악한 싸움이 벌어지고, 시체들이 조각난다. 전투 중에는 어머니가 숨 쉴 때마다 어머니의 숨을 받은 병사들이 어머니의 입술 사이에서 태어난다. 이 어머니는 남편과 아들을 떠나보내고 우는 역할을 싫어한다. 직접 싸운다. 그리고 모두 죽인다. 어머니가 불가촉천민의 욕망을 현현한다. 혹은 민족운동을 현현한다. 어머니가 자식들을 억누르는 문화와 제도를 응징한다. 검은 어머니는 관습적인 여신의 모습에 대한 도전이다. 사랑스러운 아내여신, 현모양처여신들에 대한 저항이다. 야성적이고 길들여지지 않았으며, 날것 그 자체다. 부드러움, 아름다움, 길함 같은 세상이 바라는 여성에 대한 도저한 항거다. 이보다 더한 마녀는 세상에 없다. 풀어헤친 머리와 검은 얼굴은 길들여지지 않은 섹슈얼리티에 대한 표징이다. 이 어머니는 늘 '세상을 지배하려는 인간의 욕망, 그 역사'가 의인화된 군대와 맹렬히 싸운다.

사막 어귀에 있는 사원은 찬란하다. 찬란한 무늬의 대리석 조각과 은으로 만든 대문. 공중으로 지나가는 새들이 바닥에 엎드린 쥐들을 먹을까 봐, 천장에는 쇠 철망이 덮여 있다. 대리석 바닥에는 둥근 우유 그릇과 곡식 그릇이 놓여 있다. 사람들이 공양 음식을 들고 몰려든다. 쥐 사원이라더니 쥐는 한 마리도 보이지 않는다. 다만 여자와 아이 들이 시원한 대리석 바닥에 앉아 꽃과 과일과 빵을 신에게 바치고 있다.

한 시인이 있었다. 죽음의 신이 시인의 아들을 데려갔다. 아들을 잃은 시인의 노래는 슬펐다. 시인은 자애로운 여신인 어머니여신, 죽음의 신의 누이에게 아들을 살려달라고 빌었다. 사람이 죽으면, 어머니여신은 그 몸을, 죽음의 신은 그 영혼을 거두는 것이 관례였다. 어머니여신은 벌거벗고, 머리는 없었지만 해골과 잘린 팔, 진주로 만든 목걸이를 주렁주렁 건, 피부가 파랗거나 때때로 붉은 여신이었다. 이 여신은 '어떤 남성에게도 속하지 않는' '도달할 수 없는' '아주 먼'이라는 뜻의 이름을 가진 여신의 분신이었다. 이 어머니여신은 어린아이, 소녀, 처녀의 화신을 함께 갖고 있었는데, 어머니일 때가 가장 자애로웠다. 그녀는 늘 핏빛으로 물든 빛을 먹어야 살 수 있었다. 무엇보다 이 어머니여신은 팔이 열 개라 참으로 많은 일을 한꺼번에 할 수 있었다. 어머니여신은 죽음의 신에게 시인의 아들을 살려달라고 간청했다. 죽음의 신은 간청을 거절했다. 그러자 어머니여신은 혼자 힘으로 조카를 환생시켰다. 그러나 조카는 사람의 모습이 아니라 수천만 년 전의 인간의 모습, 인간으로 진화하기 이전의 어떤 형상으로 돌아왔다. 그는 하나가 아니었다. 수백, 수천이었다. 그는 자기를 살려준 어머니여신의 화신들처럼 여럿이 되었다. 그는 수백, 수천의 찍찍거리는, 이빨을 갈아야 하는, 자그마한 짐승으로 감수분열meiosis하여 돌아왔다. 죽은 뼈들이여 생기를 받고 일어나라 하였더니 사람이 일어나지 않고 쥐 떼가 덮치듯 일어났으니 죽음의 신은 얼마나 놀랐을까. 죽음이 죽음을 물리친 것일까. 아들은 죽음을 통과해 '모든 쥐'가 되었다. 아들이 어디 있는가? 지각 불가능하게 되었다. 아들을 특정할 수 없게 되었다. 그러자 사람들은 그 살아 돌아온 아들, 수백, 수천을 찬양하기 시작했다. 쥐처럼 나도 빨리빨리 윤회할 수 있다면 얼마나 좋을까. 그만큼 이 무거운 존재의 덮개를 빨리 던져버릴 수 있을 테니 얼마나 좋을까. 쥐를 향한 놀람이 아니라 찬양이 물결쳤다. 하나가 아니라 군대니 좋아라 찬양했다. 어머니여신은 시인의 아들들, 수백 수천의 자손들, 쥐들에게 집을 주고 멀리 떠났다. 그러자 돌아온 아들들이 생명의 상징, 번식의 상징이 되었다. 죽음을 어떻게 이길까요? 생육하고, 번성하고, 낳고, 낳아야지요. 죽음의 신이 멀찍이 도망갔다. 그들은 끝없는 번식을 통해 보잘것없는, 그러나 영원한 불멸의 존재가 되었다. 눈앞에선 소멸했지만, 발밑에선 수백, 수천의 존재가 되었다. 여신의 자손들은 쥐에서 인간으로 다시 쥐로, 끝없이 윤회했다. 이 끝없는 생기의 반복[緣起]이 계급제도를 넘어서는 생명임을 증거했다. 매 순간 새로운 생명으로 되돌아오는 그들의 끝없는 유전. 그들은 다 어디 있나요? 했더니 벽과 벽 사이를 가리킨다. 그 속에 그들이 겹겹이, 마치 무슨 들끓는 폐수 덩어리처럼 모여 있다. 뜨거운 햇빛을 피해 그늘에 몰려 있는 것이리라. 해가 지기 시작하자 그들이 여인들이 바친 우유 그릇과 빵들 주위로 몰려나온다. 기둥 위에 있고, 철창 위에 있고, 바닥에 있다. 노인의 모자 속에 있고, 소녀의 앞치마 속에 있고, 여인의 사리 속에 있다. 사원 바닥에 모여 앉은 그들의 표정은 쥐와 그들 사이 어딘가를 통과하는 듯하다. 느긋하다. 젊은 아버지가 여자아이의 치마 위로 자꾸만 쥐를 올려준다. 갓 결혼한 부부가 예를 바치러 쥐 사원으로 들어온다. 그러니 꼬리 하나라도 밟으면 벌금이다. 배라도 밟으면 그만큼 황금을 내야 한다. 그러나 그 불멸의 존재가 발등 위로 지나가면 운수 대통이다. 돌연변이 흰쥐라도 발견하면 그건 일생의 축복이다. 그들의 사진을 찍으려면 돈을 내야 한다. 그들은 너무 많다. 밥풀때기만 한

까만 똥을 쉴 새 없이 갈겨댄다. 배가 터지도록 먹어댄다. 도무지 먹고 새끼치는 일 이외에는 관심이 없다. 그러다 죽는 것이다. 시인의 자손들이 거무튀튀한 머리를 가진 수백, 수천의 병사로 분열해 환생을 기다리고 있다. 쥐들이나 나나 기나긴 여행의 도정에서 잠시 여기 머물고 있다. 까만 댕기머리의 그들이 굼실거린다. 파도처럼 덮쳐온다. 악몽처럼 스멀거린다. 신발처럼 냄새난다. 감지 않은 머리칼처럼 끈적거린다. 내 속의 나처럼 보기 싫다. 온몸이 가렵다. 너무 많다.

이 길을 통과하기 위해선 먼저 수건을 말아 입과 코를 틀어막아야 한다. 자욱한 먼지 때문에 시계는 차치하고라도 숨을 쉴 수가 없다. 먼저 자동차들이 지나간다. 가는 차의 길과 오는 차의 길은 구분이 없다. 신호등도 없이, 차선도 없이 각자 알아서 장애물들을 피해, 두 발로 걷는 것보다 천천히 이 인산인해를 건너가야 한다. 세 발 자동차들이 지나간다. 이 차들에는 창문이 없고, 커튼이 내려져 있다. 오토바이를 개조해 만든 차다. 3인승이다.

쥐 사원.
(©Gettyimagesbank.com)

이 차 운전자들은 차가 설 때마다 시동을 끈다. 언제 다시 출발할지 알 수 없어서 시동을 끄는 걸까. 다시 시동을 걸 때마다 소음과 매연이 폭발한다. 왜 이러냐고? 물어보나 마나다. 내가 그들의 이상한 방식을 보고 웃을 수는 있어도 물어볼 수는 없다. 그들은 그들 식대로 산다. 여기는 그들의 땅이다. 그들의 자연스러움이 넘친다. 사람이 끄는 인력거들이 요리조리 지나간다. 이 인력거의 동력은 사람의 몸이다. 깡마른 그의 팔다리다. 그는 맨발이다. 그들 사이로 아주 느린 속도로 소들이 지나간다. 소들이 큰길 가운데 혼자 서서, 혹은 앉아서 희디흰 횟가루를 몸에 바른 성자처럼 큰 눈을 껌뻑껌뻑한다. 초연하다. 거대한 돼지들이 지나가기도 한다. 다 같이 쓰레기를 뒤져 먹지만 소는 주인이 있고, 돼지는 주인이 없다. 소는 젖과 똥을 취하는 주인이 있고, 몰려다니며 출몰하는 돼지는 주인이 없다. 목줄이 없는 개들이 지나간다. 옴투성이다. 털이 다 빠져버린, 벌거벗은 살갗으로만 살아가는 개들도 있다. 이들은 몇 마리씩 무리를 지어 다닌다. 그들의 몸집은 엄청나게 크다. 깊은 밤, 찻길은 모두 개들의 차지다. 오토바이를 타고 거리를 몰려다니며 경적을 울려대는 한밤중의 청소년들처럼 개들이 밤새도록 컹컹 짖으며 몰려다닌다. 책가방을 메고 이튼스쿨 학생처럼 단정한 교복을 입은 아이들이 몰려든다. 그 옆으로 들것을 높이 치켜든 사람 넷이 지나간다. 죽은 사람이 지나가는 것이다. 죽은 사람은 형광빛이 도는 노란 천을 덮고 있다. 그의 발가락이 노란 천 바깥으로 나와 하늘을 향하고 있다. 그 사이로 붉은색, 푸른색, 연두색, 황금색 사리를 떨쳐입은 여인들이 지나간다. 가까이 다가가 보면 사리들이 모두 나일론으로 만들어져서 화덕 옆을 지나기만 해도 한번에 불이 확 붙을 것 같다. 가끔 코끼리를 탄 사람이 느릿느릿 지나가기도 한다. 바닥에 수북이 쌓인 소똥, 개똥, 돼지똥, 코끼리똥 들을 밟지 않고 잘도 섞여서 흘러간다. 흘러온다. 그 속에 가만히 넋을 잃고 서 있어도 누구 한 사람 밀치지 않는다. 잘도 피해 간다. 오히려 빨리 가려 하면 부딪힌다. 무조건 느리게 걸어야 한다. 트럭들의 뒤에는 제발 경적을 울려달라는 문구가 적혀 있다. 가만히 서 있으면 무슨 환영의 세상이 눈앞에 펼쳐지는 듯한 착각이 든다. 소음과 뿌연 먼지 속에서 모두 환영처럼 뒤섞여 있다. 환원 불가능한 역동성이 이 장소를 채우고 있다. 이 길을 그대로 화면에 옮겨놓고 먼저 목적지에 도착하기 시뮬레이션 게임을 만들겠다고 누군가 말했다. 아마도 뛰어가는 사람이 끄는 인력거가 제일 먼저 목적지에 도착할 것 같다고 내가 대답했다. 이 길을 다 지나가면 으레 죽은 사람을 태우고, 빨래하고 목욕하는 성스러운 강이 나온다. 누구나 이 길에선 시체 가루와 똥 가루로 만든 가루 열반에 들어야 한다. 나보다 먼저 환생하려는 것들이 피운 매운 가루를 몸에 축적하고 내 차례를 기다려야 한다. 평온한 마음, 내 안의 평화 없이는 이 길을 통과할 수가 없다. 여기는 도시지만, 나의 도시적 감수성을 버려야 걸을 수 있다. 이 도시의 일원이 될 수 있다. 다시는 태어나지 않았으면, 하는 생각이 막연히 솟아오르기도 한다.

쥐는 지하실, 콘크리트 바닥 아래, 하수구, 맨홀, 파이프, 마룻바닥 아래, 보도블록 아래, 무덤 속, 세상의 구멍이란 구멍 속 어디에나 집을 짓는다.

시장에서 길을 잃는다. 시장의 거의 모든 집은 한 칸짜리다. 출입문 한 짝 넓이의 한 칸. 싱글침대 넓이의 한 칸. 그 한 칸, 한 칸의 업종은 모두 다르다. 머리를 깎아주는 한 칸, 텔레비전을 보여주는 한 칸, 사리 옷감을 형형색색으로 감아놓은 한 칸, 비누를 파는 한 칸, 담배를 파는 한 칸, 향신료를 파는 한 칸, 온 가족이 사는 집인 한 칸, 다양한 향신료를 파는 한 칸, 튀기는 한 칸, 끓이는 한 칸, 하염없이 앉아 있는 한 칸, 전화기 한 대로 전화를 걸고, 받게 하고 돈을 받는 한 칸, 편지를 써주는 한 칸, 인터넷을 하게 하고 돈을 받는 한 칸, 귀를 파내주는 한 칸, 모두 한 칸에서 산다. 세탁하는 사람은 일평생 세탁만 한다. 다리미질하는 사람은 일평생 다리미질만 한다. 이발사는 일평생 이발만 한다. 남의 귀를 후벼주는 사람은 일평생 귀만 후빈다. 이발하고, 면도하고, 귀를 후비는 것은 낮은 계급의 일이다. 이것은 누군가 계급이 낮은 사람을 시켜서 해야 하는 일이다. 그러나 전기면도기를 사용하는 것은 천한 일이 아니라고 여긴다. 남의 몸무게를 달아주는 사람은 일평생 남의 몸무게만 달아준다. 청소하는 사람은 일평생 청소만 한다. 죽은 사람을 태우는 사람은 일평생 사람만 태운다. 전쟁하는 사람은 일평생 전쟁만 한다. 경전을 읽는 사람은 일평생 경전만 읽는다. 도시락을 배달하는 사람은 일평생 도시락만 배달한다. 도시락 먹는 사람은 제 도시락을 들고 다니지 않는다. 도시락 갖다주는 사람이 있으니까. 긴 장대에 도시락을 매달고 도시락을 배달하러 가는 사람들이 출근 전쟁이 끝난 열차를 점령한다. 심지어 대를 이어 이 일이 계속된다. 일평생이 아니라 이평생, 삼평생이다. 계급과 직업은 자식과 자식을 이어 대대로 이어지고, 일평생을 산 그는 윤회하러 간다. 이 땅의 모든 햄스터들은 자기 쳇바퀴에서 내려오지 못한다. 이 한 칸을 넘어가면 그는 계율을 어기는 것이 된다. 그는 한 칸에서 태어나 한 칸에서 죽는다. 헌 옷을 기워 팔고 사는 한 칸 앞에서 하는 수 없이 인력거를 탄다. 사람이 끄는 저것은 절대 타지 않으리, 생각했지만 길을 잃었을 때는 이것이 최고라 했다. 그는 가는 두 다리, 맨발로 먼지 나는 땅을 쾅쾅 밟아댄다. 미안해서 몸이 오그라 붙는다. 먼저 어깨가 굳고 다음으로 온몸이 굳는다. 그래도 지금은 비가 내리지 않으니 다행이다. 비라도 오면 이 길은 진창이다. 비가 오면 손님은 많을 것이지만, 그는 두 배로 힘들 거다. 타고 가다가 생각한다. 가이드북에는 저 사람과 흥정을 먼저 한 다음 달려가는 의자에 오르라고 되어 있었는데. 목적지에 도착해 가이드북에 씌어진 요금보다 훨씬 많이 준다. 그러나 그는 팁, 팁, 팁 하며 내 팔을 붙든다. 또 준다. 그러자 적다고 더 달라고 한다. 그들은 감사합니다, 미안합니다라는 말을 사용할 줄 모른다. 줄 수 있으니 주는 거라고 생각한다. 이곳에서만큼 당당한 거지들이 세상에 있을까. 당당하게 더 내놓으래서 싫다고 하면 일순간 슬픈 얼굴로 돌아선다. 포기는 또 얼마나 재빠른지, 그 마른 몸이 슬픔의 덩어리로 돌변한다. 자기 연민에 몸 둘 바를 모른다. 그러다 몇날 며칠이 흐르자 그 슬픔에 익숙해진다. 부르는 대로 주지도 않는다. 남의 슬픔에 무감각해진다. 즉각적인 좌절과 끈질긴 조름, 둘 다에 무감각해진다. 심지어 남의 슬픔에 화를 내기도 한다. 그들은 화를 내는 사람을 상대하지 않는다. 내가 화를 벌컥 내면 그들은 놀란 눈을 하고 뒤돌아서서 내가 얌전한 태도를 회복할 때까지, 화가 사그라질 때까지 하염없이 기다린다. 화를 내는 사람은 인격적으로 미성숙하거나, 잘못을 감추려고 그러는 것이라고 느끼고 있는 것 같다. 그러나 어찌하란 말인가. 부당한 요구를 받고도 화를 내지 않을 수 있단 말인가. 화는 없고, 슬픔만 가득한 사람을 화 없이 상대할 수 있단 말인가. 날이 너무 덥거나, 비가 오거나, 골목을 지나가거나, 길에 소똥이 많거나 하면 냉큼 그 인력거에 올라탄다. 인력거꾼은 인력거 한 칸에 산다고 생각하기까지 한다. 그러나 이 시장을 넘어서면 갑자기 무대 세트처럼 휘황한 베드타운이 등장한다. 극장과 쇼핑몰, 기업 들의 전광판, 높은 빌딩, 깨끗한 자동차들과 사리를 벗어 던진 여인들. 이들은 절대로 인력거를 타고 다니는 내가 지나온 저 시장으로 갈 일이 없을 것 같다. 심지어 그들은 스스로 세탁하고, 스스로 운전한다. 햄버거와 커피를 파는 가게에선 스스로 음식을 들고 다니고, 스스로 먹다 남긴 것을 치운다. 높은 계급이건 낮은 계급이건 줄을 서서 메뉴를 보고 주문하고, 무대 밖 사람들의 한 달 치 생활비를 지급하고, 그것들을 먹는다. 세탁기와 자동차는 경전에 나오지 않는 물건이니까 스스로 불가촉천민의 일을 해도 되나 보다. 새로운 분단 상황이 이 도시 안에 건재하다. 그럼에도 온갖 대중매체, 신문의 광고는 이 무대에 사는 사람들을 향해 외치고 있을 뿐, 저 시장의 사람들을 향한 문장은 단 하나도 없다. 그리하여 이 도시의 길 위에서 여행자가 마주치는 사람들은 누구나 이 무대 밖의 사람들이다. 무대에 사는 사람들은 좀체 유리문 밖을 나서지 않는다. 그들은 냉방된 집에서 냉방된 자동차로 냉방된 쇼핑 공간을 움직여 다닐 뿐 이 햇빛 속으로 나오지 않는다. 그들은 과연 같은 도시 안에 사는 것일까. 신시가지에 오면 나 또한 이 같은 가설무대에서 살다가 왔다는 생각이 엄습한다. 무대에서 잠자고 일어나고, 그리고 이 쥐가 보이지 않는 가설무대에서 내 인생의 연극을 멈출 수밖에 없다는 생각. 형언할 수 없는 곤혹. 나는 무대 밖의 사람들을 보려고 여기에 와 있나?

쥐를 둥지에서 멀리 떨어진 곳에 풀어놓았다고 치자. 쥐는 수 킬로미터를 헤매 다니다가 집을 찾아온다. 쥐는 집 주변 골목과 블록을 샅샅이 꿰고 있다. 그것으로 자신을 보호한다. 쥐는 먹이를 찾으러 가는 통행로를 정해놓고 그 길로만 다닌다. 집이 계단 아래 있다면 쥐는 꼭 담을 따라 달리는데, 돌아올 때도 그 길로 온다.

기차는 제시간에 오지 않는다. 대합실을 거쳐 플랫폼에 오기까지 인산인해를 건너왔는데, 또 인산인해다. 심지어 역에서 사는 사람도 있다. 길에서 사는 사람은 더 많다. 그들은 하루 종일 제시간에 오지 않는 기차를 기다리는 사람들에게서 무언가를 얻어 살아간다. 아이들과 아버지와 엄마가 다 함께 달리는 기차와 머무르는 기차, 오지 않는 기차 주변에서 산다. 엄마, 아버지는 아이들에게 표적 인물을 가르쳐준다. 그러면 아이들이 다가와 끈질기게 그를 괴롭힌다. 다른 아이들은 표적이 주머니를 열기를 기다렸다가 쏜살같이 달려와 그에게 얘는 주고, 나는 안 줘? 하는 표정을 짓는다. 나무 위에 있다가, 건물 뒤에 있다가, 레일 바닥에 있다가 몰려오는지, 숨바꼭질 놀이 같은 것인지 한 번에 열 명 이상씩 달라붙는다. 넝마 포대기를 걸치고 빗자루처럼 마른 늙은이를 본다. 정말 어떡하면 좋을까 싶어 한숨이 절로 난다. 기차가 여덟 시간 연착하는 바람에 나는 그를 아침부터 저녁까지 내내 바라본다. 그는 거의 움직이지 않는다. 아무도 그에게 손을 내어주지 않는다. 그럼에도 그의 두 눈은 기름을 바른 쇠구슬처럼 형형하다. 레일 아래를 내려다보니 쥐 떼가 분주한 오랑캐 떼처럼 먹이를 향해 몰려다니고 있다. 노인은 가끔 레일 아래를 내려다본다. 쥐가 물어 온 것을 빼앗으려고 그러는 것 같다. 그러나 내가 떠날 때까지 그의 먹이는 그곳에 나타나지 않는다. 눈빛이 없다면 그는 미라다. 말라비틀어진 걸레 뭉치다. 내가 기차에 올라탄 순간 똑바로 서 있다는 게 신기하다. 세상이 옥죄어 온다. 사방팔방에서 밀치는 인파. 너무 비좁다. 잠들어서도 산소를 흡입해야만 한다고 생각한다. 산소! 산소! 팔꿈치들이 갈비뼈를 쑤시고 들어온다. 땀, 침, 오줌, 쓰레기에

전 공기. 화장실이 달려간다. 한 칸, 두 칸, 세 칸, 사람들로 꽉 찬 화장실이 어딘가로 달려간다. 심지어 밖에 매달려 가는 사람들이 부럽게 느껴진다. 그러다 어디선가 훅 끼쳐오는 재스민 향기, 그 향기를 찾아 내 코가 나를 떠난다. 기차에서 잠이 들 때는 가방을 의자에 묶는다. 가방과 기차는 쇠사슬로 연결되어 있고, 나는 열쇠를 쥐고 잠든다.

코끼리 머리에 인간의 몸을 가진 신이 있다. 반인반수신은 신과 인간, 자연이 동일 연속체임을 증거한다. 모든 생명 있는 것들이 하나의 끈에 매달려 있다는 생각이 이런 반수신들을 탄생케 했다. 그의 탄생 설화는 이본이 많지만, 그중에 하나. 그는 단 한 개의 정자로 우주를 발생시킨 신과 산신령의 딸의 아들이다. 그의 아버지가 어머니에게 정자를 주지 않자 어머니는 목욕하면서 벗긴 때로 아들을 만들었다. 아들은 커서 어머니의 목욕탕을 지켰다. 아버지의 얼굴을 모르는 아들이 아버지의 목욕탕 출입을 막자 아들의 얼굴을 모르는 아버지가 아들의 머리를 잘랐다. 아들을 죽인 것을 알게 된 파괴의 신, 아버지는 아들의 머리 대신 아들과 같은 날 태어난 코끼리를 수소문해 그 머리를 아들의 목에 얹어주었다. 코끼리신은 코끼리처럼 힘이 세다. 배도 정말 크다. 그의 몸은 머리와 배만 있는 것처럼 보인다. 이곳 사람들은 몸이 큰 사람을 아름답다고 생각한다. 많이 먹을 수 있는 것은 축복이다. 불쑥 나온 배는 부유한 사람이라는 표시다. 길거리에 앉아서, 구걸하는 사람들을 바라보고 있노라면 그들은 유독 뚱뚱한 사람에게 들러붙는다. 코끼리신은 성공과 번영의 신이다. 그러나 이즈음 이 풍설은 큰 타격을 받는다. 젊은 여성들이 다이어트를 시작했기 때문이다. 텔레비전에선 다이어트를 위한 여러 가지 묘안들이 흘러나오고 있고, 다이어트를 위한 새로운 아유르베다에 대한 해석이 난무한다. 코끼리신은 사업가들에게 인기가 있다. 택시를 타도, 가게에 가도 배불뚝이 분홍 코끼리신의 전신상이 놓여 있다. 이 코끼리신은 쥐를 타고 다닌다. 쥐는 코끼리의 검은 거울이다. 코끼리의 큰 발밑에는 조그맣고, 가난한 쥐가 엎드려 있다. 쥐가 코끼리의 자가용이다. 코끼리 마음대로 다니는 것이 아니라 쥐 마음대로 다닌다. 쥐는 괴물인 동시에 탈것이다. 그러나 쥐는 코끼리를 끌고 다니는 욕망이며, 변덕스러움이며, 운전자다. 쥐는 코끼리의 마음이다. 작은 마음이 무거운 코끼리를 마음대로 끌고 다닌다. 이 생쥐같이 작은 마음을 닦으면 코끼리같이 큰 육신도 영적인 자유에 이르게 된다. 쥐가 평화로워지면 집채 같은 코끼리도 평화로워진다. 그래서 마을에 쥐 떼가 창궐하면 쥐 생포 작전을 짜긴 하지만 쥐 살육 작전을 도모하진 않는다. 쥐를 잡아서 멀리 갖다 놓기는 하지만 죽이지는 않는다. 절대 박멸하지 않는다. 쥐가 없으면 코끼리가 다닐 수 없으니까. 그리고 마음을 어찌 박멸한단 말인가.

자동차가 시골길 한가운데 선다. 오고 가는 자동차들이 모두 시동을 끄고 길 위에 정차해 있다. 내려서 보니 내 차 앞뒤에 자동차가 새까맣다. 무슨 일인지 모르겠다. 무슨 일인지도 모른 채 하염없이 기다린다. 하는 수 없이 길에서 내려가 발 디딜 데 없이 꽉 찬 똥들을 피해 밭에서 소변을 본다. 잠시 후엔 그 주변에 앉아 도시락을 먹는다. 한 아이가 다가온다. 내가 먹는 것을 똑바로 바라본다. 그 아이와 도시락을 나눠 먹는다. 잠시 후에 그 아이의 아버지가 나타난다. 그 아버지와 다시 나누어 먹는다. 물도 나눠 마신다. 잠시 후에 그 아이의 누이가 나타난다. 나는 그들처럼 먹고 난 후 쓰레기를 아무 데나 던진다. 흙으로 만든 컵, 다른 계급의 입술이 닿은 컵으로 마시지 않기 위해 차 한 잔 마시고 깨버리던 옹기 컵은 점점 사라지고, 대신 플라스틱 종이와 컵이다. 거리 어디서나 그것들이 뒹군다. 아무나 아무 곳에나 버린다. 몰려다니는 소, 돼지, 개들이 그 플라스틱 뭉치 속에서 무언가를 꺼내 먹는다. 먹다가 목에 플라스틱 조각이 걸려 죽는다. 전 국토와 강이 플라스틱 쓰레기로 뒤덮여 있다. 마을 사람들 전부가 지팡이, 쇠몽둥이, 나뭇가지 같은 무기들을 들고 길 한가운데로 고함을 지르며 달려간다. 웬일인가 했더니 외국 사람이 그 마을 사람을 치고 달아났다는 것이다. 그 사람을 잡기 위해 달려가는 것이라 한다. 몇 시간이 지나자 그 외국인을 처치했는지 마을 사람들 모두가 희희낙락 웃으며 돌아온다. 또 몇 시간이 지나자

차가 움직이기 시작한다. 마실 물도 없이 너무 장시간 기다리느라 지쳐서 입이 바싹 타들어간다. 길에서 하루가 저문다.

쥐는 먹을 때, 긁을 때, 땅을 팔 때 외에는 교미를 하며 지낸다. 이 글을 쓰고 있는 사이에도 쥐 한 쌍이 교미한다. 수컷 쥐와 암컷 쥐는 하루에 스무 번 정도 교미를 하는데 수컷 쥐는 능력이 닿는 한 상대를 바꿔 가며 교미한다. 암컷 쥐의 임신 기간은 21일이고 한 배에서 여덟 내지 열 마리가 태어난다. 출산하고 곧바로 임신한다. 1년에 열두 번까지 새끼를 낳을 수 있다. 새끼가 새끼를 낳고 또 낳고 하다 보면, 최대한 자식과 자식, 그 자식들이 1년에 1만 5천 마리 정도 낳을 수 있다. 8주에서 12주가 지나면 새끼는 성적으로 완전히 성숙한다. 이게 다가 아니다. 어느 날 이들이 모두 박멸되었다고 치자. 다행히 암컷 한 마리만 빼고. 그러면 교미를 하지 않은 암컷이 혼자 새끼를 낳을 수 있다. 왜냐하면 암컷 쥐는 늘 몸속에 정자나 수정란을 남겨두기 때문이다. 그들에게 문제가 되는 것은 식량이지 수컷이 아니다.

얼굴이 파란, 영원히 소년인 신은 세상을 유지시키는 신의 여덟번째 화신이다. 그는 환하고 출중하다. 1만 6천 명의 아내와 18만 명의 자식을 두었다. 애인은 8만 4천 명이었다. 그중에서도 그가 가장 사랑한 여자는 남의 아내였다. 그와 그녀는 어찌나 사랑했던지 합하여 한 사람의 자웅동체가 되었다. 그들은 두 개의 포개어진 숟가락 같았다. 이후 이 둘의 합, 남성과 여성의 공유, 양성성이 문화적 이상형이 되었다. 그의 사랑엔 경계도 구속도 없었다. 사람들은 그와 그녀의 이름도 합하여, 한 이름으로 부르며 찬양하고, 축제를 열었다. 그는 사랑의 해방구를 만들었다. 에덴동산에 한 여자와 한 남자가 선악과나무를 마주 보고 서 있었다면, 그의 유채꽃 동산엔 억만 가지 사랑의 전령이 있었다. 여자는 많았지만 남자는 하나였다. 그는 사랑의 화신이었으므로 한 번에 수만 명의 여자를 사랑할 수 있었다. 사랑이 세상을 유지하는 신의 여덟번째 화신을 분열시켜 수십만의 자식을 낳게 했다. 사랑하면 누구나 자신이 여럿이 되는 듯한 착각에 빠지지 않는가. 사랑의 분자화가 일어났다. 그가 피리를 불면 하멜른의 피리 부는 사나이를 따라가는 쥐들처럼 아내들과 애인들과 처녀들, 남의 아내들이 토라진 남편과 우는 아이, 가사 노동을 팽개치고 그를 따라갔다. 그중에서도 그 남의 아내와는 서로의 얼굴에 내려앉은 달빛을 마시며 행복하게 지냈다. 그들은 마치 우유에 들어 있는 흰빛처럼, 불꽃에 들어 있는 열처럼, 땅속에 숨은 꽃향기처럼 서로에게 스몄다. 그는 여자들을 몰고 다녔다. 신성하고 달콤한 피리를 불면 여자들이 집에서 뛰쳐나와 환희의 노랫가락에 몸을 실었다. 여자들은 수십만의 아이를 낳았다. 그는 평소에는 아기였다가 사랑을 할 땐 청년이 되었다. 이렇듯 젖냄새 풍기는 수려한 청년을 안아주지 않는 여자는 단 한 명도 없었다. 목동의 가면을 쓰고 그는 젖 짜는 아가씨, 아줌마 들과 숲에서 춤을 추었다. 음악은 빨라지고 불꽃은 타올랐다. 아가씨와 아줌마 들은 하나에서 여럿으로 분열한 신과 점점 빠르게 춤추었다. 어찌나 동시다발적으로 화신을 많이 만들었는지 차례를 기다리는 여자는 하나도 없었다. 그와 그녀들은 촉발하고 감응했다. 하늘에서 이 춤을 보기 위해 신들과 죽은 사람들이 내려올 정도였다. 그러나 어떤 아가씨가 춤 잘 추는 목동을 자기 것으로 생각하자, 순간 파트너는 사라져 버렸다. 주관과 객관의 구별이 없는 상태, 우주와의 합일 상태를 그녀가 깨버렸기 때문이었다. 성적인 행위로 오를 수 있는 동반 해탈의 기쁨을 그녀가 깨버렸기 때문이었다. 그의 피리는 피리를 부는 그의 입김에 의해 생명을 받았다. 피리 소리 하나에 한 생명이 탄생했다. 피리 부는 사나이가 피리를 불자 집집마다에서 몰려나오는 여자들, 피리 소리를 들으면 누구나 스스로 아름다워져서 범속과 금기를 벗어던지고 사랑의 화신의 상대가 되었다. 파란 얼굴의 신은 우유, 버터, 요구르트를 좋아하고 남의 것을 훔치는 것을 좋아했다. 그는 남의 것, 내 것의 경계가 없었다. 전쟁도, 사랑도, 창조도 놀이였다. 춤추자! 노래하자! 사랑하자! 놀아보자! 아기처럼 몸의 관능으로! 그러나 그가 사냥꾼의 화살에 발을 맞아 죽자, 그의 전 족속이 죽었다. 그리고 그가 사랑하던 동산과 마을은 바닷물에 완전히 쓸려가버렸다. 얼굴이 파란 미소년이 지상에 세웠던 세계는 흔적도 없이 사라져버렸다. 저 푸른 하늘 나라처럼 아무것도 남지 않게 되었다. 약속을 저버리자 집집의 아이들을 데리고 어디론가 사라져버린 하멜른의 피리 부는 사나이처럼, 그는 사라져버렸다. 세상이 다시 조용해졌다. 지금처럼.

푸른 얼굴이 죽자 검은 얼굴이 지배한다. 남신이 죽자 여신이 지배한다. 사랑이 죽자 죽음이 지배한다. 신화가 사라지자 법전이 탄생한다. 남편이 죽자 여자는 지옥으로 보내진다. 남편의 장례식 날 아내는 남편을 태우는 불길 속으로 뛰어들거나, 죽은 것처럼 숨어 살거나, 시동생과 결혼해야 한다. 살아생전 남편에게 불충한 여자는 자칼로 환생해서 영원히 배고프다고 한다. 그렇게 굳게 믿기 때문에, 아니면 믿는 척해야 하기 때문에 이승의 '숨어 살기'쯤은 참아줘야만 한다. 일곱 살에 늙은 남자에게 시집간 아이가 있었다. 아이의 이름은 쭈이야, 생쥐였다. 시집을 가자마자 남편이 죽었다. 아이는 머리를 빡빡 밀리고, 흰옷이 입혀져서 과부들의 집으로 보내졌다. 그러고는 갇혔다. 과부의 집은 성스러운 강가의 불가촉천민 구역에 있었다. 강을 건너는 것은 금지되었다. 하지만 늙은 과부들은 어린 과부들을 밤마다 강 건너 늙고 신분 높은 남자들의 집으로 보냈다. 그리고 그 노리개의 값으로 근근이 살아갔다. 아무것도 알지 못하는 일곱 살 과부 생쥐는 과부의 집을 헤집으며 돌아다녔다. 아이의 순진한 질문들이 과부의 집에 평지풍파를 일으켰다. 생쥐는 '과부들은 여기 사는데 홀아비들은 어디 숨어서 살아요?' 묻기도 했다. 푸른 얼굴의 동산에선 아이와 처녀, 결혼한 여자, 늙은 여자의 구분이 없었지만 그녀들의 집에선 과부들에게 부과된 정체성을 받드는 일이 법전보다 무서웠다. 그럼에도 젊은 그녀들은 공작새 얼굴 같은 푸른 얼굴의 신에게 당신과 같은 사람을 만나게 해달라고 몰래 기도를 드렸다. 그 더러운 물속에서도 연꽃같이 살라는 푸른 얼굴의 말씀을 실천하려고 했다. 그러나 법도와 돈으로 위장된 신화는 걸레나 마찬가지. 몰래 사랑을 품으면 성스러운 강가에서 자살해야 하고, 돈이 떨어지면 일곱 살짜리 과부마저 늙은 남자의 밤 노리개가 되어야 했다. 그리하지 않으면 모두 죽어야 했다. 죽어도 태워줄 장작을 살 돈이 없었다. 그들에겐 기름진 음식을 먹거나 배불리 먹는 것은 금기. 그러나 이런 줄거리를 가진 영화는 이곳의 극장에서 상연되지 않는다. 이상하게도 이런 영화는 외국 사람이 제작하거나 외국을 떠도는 이 나라 출신의 디아스포라가 연출한다. 그리고 외국 사람들이 본다. 그들은 떠들썩한 결혼식이 정점을 이루는 뮤지컬을 극장 스크린에 올린다. 과부들의 흰옷이 색깔 있는 옷이 되는 날은 물감 던지기 축제 날뿐이다. 축제의 날엔 그녀들도 웃는다.

물감 던지기 축제의 기원은 이렇다. 푸른 얼굴이 탄생하고 성장하는 것을 두려워한 왕이 온 나라의 아기들을 다 죽였다. 그럼에도 왕과 마녀는 이집트로 도망간 아기 예수 같은 한 아기를 찾을 수 없었다. 세월이 지나 마녀는 살아남은 아기를 찾게 되었다. 마녀는 아기를 안고 젖을 물렸다. 마녀의 가슴에서 독이 흘러나왔다. 그러나 아기는 마녀의 젖만이 아니라 마녀의 피를 다 빨아냈다. 선혈이 낭자했다. 피가 다 빠진 마녀는 온몸이 타버렸다. 마을 사람들이 그것을 경축해 잔치를 열었다. 또 다른 이야기가 있다. 불에 타지 않는 몸을 갖고 태어난 왕의 여동생이 있었다. 그녀는 자신의 조카를 안고 몸에 불을 붙였다. 그러나 조카는 타지 않고 자신만 타 죽었다. 여동생을 불쌍히 여긴 왕이 1년 중 하루 동안 그녀를 기억하는 날을 선포했다. 지역에 따라 종파에 따라 조금씩 다르지만 물감 던지기 축제는 대부분 이틀 동안 계속된다. 보름달이 뜨는 새해의 밝은 밤, 성스러운 강이나 물에서 목욕을 한 다음, 사당에 가서 예배를 드린다. 신상에 물감을 조금 발라준다. 이것으로 신에 대한 성의는 다한 걸로 치고 노래를 부르며 춤을 춘다. 노래의 가사는 푸른 얼굴이 자신의 애인이자 남의 아내를 희롱하면서 사랑에 겨워 부르던 노래 가사를 그대로 쓴다. 다음 날 물감 던지기 축제가 시작된다. 야단스럽고 시끌벅적하다. 폭죽이 터지고, 아는 사람, 모르는 사람 가리지 않고 물감 세례를 퍼붓는다. 던지는 동안 성적인 농담, 성희롱이 횡행

한다. 낮은 계급의 사람이 높은 계급의 사람에게, 여자가 남자에게 던져도 무방하다. 과부가 촌장에게 던져도 무방하다. 하루 치 해방구가 펼쳐진다. 난장이 펼쳐진다. 사거리엔 화톳불을 놓고 버리고 싶은 것, 혹은 나뭇가지나 짚으로 만든 마녀를 태운다. 불에 타 죽어버린 마녀를 기억하는 척한다. 마녀는 자신 속에 있던 잡동사니 욕망과 다르지 않다. 그 불에 보리나 밀을 구워 한 해 농사의 향방을 묻기도 하고, 재를 몸에 발라 문질러 질병을 쫓기도 한다. 푸른 얼굴이 태어난 곳에서는 더욱 격렬한 난장을 벌인다. 여자가 남자를 때리기도 한다. 만약 남자가 너무 심한 성희롱을 하다 붙잡히면 매를 맞고 여장을 한 다음 야한 춤을 춰야 한다. 푸른 얼굴이 태어난 지방의 남자들이 푸른 얼굴의 애인이 태어난 지방으로 몰려가기도 한다. 그러면 모든 여자들이 작대기를 들고 그들을 환영한다. 이곳에선 축제를 일주일간 계속한다. 홀리! 소리치며 다가드는 무수한 사람들, 붉은 물감 먼지들, 온 세상이 붉은 곳에서 가만히 서 있기란 힘들다. 자연스레 누구나 붉은 물감을 집어 들게 든다. 그러나 이 물감은 잘 지워지지 않는다. 전해오는 이야기에 의하면 이 축제가 어찌나 난장판이었던지 부처조차 자신이 공부하던 곳으로 일주일간 들어갈 수 없었다고 한다. 온갖 축제가 만들어졌다가 사라지고, 다시 또 만들어져서 관람차가 서고, 회전목마가 돌고, 노래자랑, 퀴즈 대회가 벌어지지만 그런 축제에 외부인은 들어갈 수가 없다. 이벤트 회사가 그것을 막는다. 그나마 휘황한 서구식 건물들이 늘어선 곳이나 고급 주택가엔 이런 야단법석이 없다.

영화관에 간다. 만원이다. 열기 때문에 숨을 쉴 수가 없다. 이방 여성을 발견한 관람객들이 휘파람을 불고 야단이다. 관람객은 대부분 젊은 남자들이다. 이 나라 인구의 절반이 스물다섯 살 이하라고 하지 않는가. 어디나 젊은 사람 천지다. 늘 그렇듯이 영화에는 히스로 공항과 로스앤젤레스 공항 같은 서방의 공항이 나오고, 주인공들이 그곳을 통해 서방의 거리로 들어간다. 영화 속의 아름답고 풍만한 여성들은 외국에서 공부하거나 부를 축적한 남자를 기다린다. 기다림은 항상 결실을 맺는다. 그들의 사랑이 무르익을라치면 노래와 춤이 나온다. 그러다 가장 중요한 순간, 정전! 관객들이 소리치고 휘파람을 불고, 애타는 비명을 지른다. 소용돌이가 극장 천장을 들썩거리기를 몇 번, 다시 동네 사람들이 모두 나와 노래하고 춤추면서 영화는 계속된다. 거의 모든 영화가 뮤지컬이다. 사랑의 신이 환생해 온 것처럼 부산한 장면이 연출되지만 야한 장면은 없다. 우리나라 연속극처럼 가족주의가 최우선이다. 영화관의 남자들이 영화의 종반으로 갈수록 흥분한다. 열광하는 젊은이들 사이에서 낮에 본 한 젊은이를 생각한다. 그는 넓디넓은 뙤약볕 광장 한가운데 누워 있었다. 그의 옷은 모두 해졌고, 그의 바지는 벨트 부분만 조금 남아 있었다. 뼈만 남은 몸이 얼마나 더러운지 검게 번들거렸다. 그 젊은이는 왜 하필 운동장 한가운데 누워 있게 되었을까. 그는 한쪽 팔로 눈을 가리고 인생 전체를 땡볕에 방기한 채 그러고 있었다. 옆에다 슬쩍 물을 놓고 지나가긴 했지만 그 젊은이 옆에서 쏟아져 흐르는 낙심과 배고픔과 절망과 억울함의 기운은 이곳 영화관의 젊은이들과 너무도 대조적이었다. 사랑의 신이 만들었던 그 열락의 동산을 현재에 옮기면 이리 영화 속 결혼식처럼 되는 것인가. 영화는 그들의 화려하다 못해 대혼란인 결혼식 장면으로 끝난다. 관람객 모두가 몽환에 취한 얼굴로 자리에서 일어난다. 불이 켜지면 초라한 시멘트 건물, 해진 의자 커버, 남루한 옷차림이 희미한 전등 아래 그 실체를 더욱 분명하게 보여준다. 이곳의 결혼식은 그야말로 장관이다. 한 번의 결혼을 위해, 그 결혼식의 환영을 지키면서 평생을 사는 것인지도 모르겠다. 사막 한가운데인데도 잔디가 파랗고 불빛이 야구장같이 내려 비치는 곳을 향해 가면 어김없이 결혼식장이다. 로켓을 발사하는 연료로 요리한다는, 몇백 명이 한번에 먹을 음식이 구워지고 튀겨지느라 거리 전체가 향신료 냄새로 가득 찬다. 어떻게 만들었는지 색색의 길쭉한 형광등으로 제작된 거대한 모자를 쓴 일단의 제복 입은 사람들과 황금색 트럼펫들이 결혼식 행진을 유도해가는 것을 보면, 결혼식을 위해 온갖 미술적 상상력마저 집중한 것 같다.

탄트라는 직물 혹은 씨실, 수트라는 날실이다. 탄트라는 실천, 수트라는 사상이다. 『카마수트라』는 성의 경전이다. 탄트라와 수트라를 합하면 사상과 실천의 텍스트가 된다. 탄트라는 단순히 성적 황홀경이 아니다. 그것은 초월과 내면, 불멸과 변화, 우주와 개인, 열반과 윤회, 창조와 세계가 빈틈없이 확장된 전체를 이른다. 탄트라의 권위자는 의미의 달인이라 불린다. 탄트라는 예술적인 열반, 시적인 형식과 내용의 합일, 그 행위들을 가리키는 말이다. 탄트라는 검은 얼굴이 지배하는 시대의 최고경지다. 최악의 상황에 던져져도 해탈에 이르는 길을 적시하는 육체적 행위의 극단이다. 절대자는 우리 몸이라는 사원 안에 산다. 우리 몸 안에 궁극적인 실재가 있다. 그를 만나고 싶지 않은가? 몸을 갖고 태어난다는 것은 궁극적인 실재를 만날 수 있는, 역설적으로 해탈을 경험할 수 있는 절호의 찬스를 만나는 것이다. 탄트라 수행자들은 불륜과 도덕의 구분이 없으며, 최음제를 먹고 묘지에서 수행한다. 수행은 스승으로부터 배우는 것으로 시작한다. 욕망과 분노와 질투를 제거하고, 세속적인 향락과 영적인 탐구를 동시에 진행하는 방법을 배운다. 이것은 근원적인 하나에서 수많은 형상과 수많은 차원의 우주를 낳기 위한, 스스로 증식하는 과정이다. 나는 하나가 아니고 여럿이다. 나는 분자다. 나는 내가 아니고 우주다라는 명제를 획득하기 위한 수행이다. 몸 안에도 우주가 있고, 몸 밖에도 우주가 있다. 몸 안에도 성스러운 곳이 있고, 몸 밖도 마찬가지다. 나라는 개체는 얼마든지 다른 개체로 변이되고 분해될 수 있다. 다른 속도와 리듬을 가질 수 있다. 그러나 이 수행은 비밀 속에서 진행해야 한다. 어머니의 성적인 행위를 본 것처럼 침묵하라고 경전에는 씌어져 있다. 침묵을 깨뜨리면 성스러움은 휘발한다. 비밀 안에 성스러운 해탈이 있다. 그래서 이들의 비밀스러운 의식은 귀에서 귀로 전해질 뿐, 입을 거치지 않는다. 스승은 비유와 역설을 통하여 시적으로 가르친다. 이를테면 천둥과 번개는 남근이고, 태양은 피다. 호흡은 바람이고, 뼈는 돌이고, 모발은 풀이고, 척추는 수미산이다. 사람의 기관과 우주는 일대일 대응한다. 우주적인 생명을, 그 황홀한 우주의 역동을 품으려면 그만큼 준비도 많고, 의례도 많다. 의례는 꽃과 향기 속에서 목욕 같은 인간의 오감을 닦는 행위로 시작한다. 술과 생선, 곡물, 고기를 먹고, 교합한다. 술은 불이며, 피다. 죽음을 물리치고, 재생을 보증한다. 술은 요가의 황홀 상태에 비유된다. 생선은 물이다. 물은 생식력을 증진하고, 수중 동물의 그 화려한 율동의 힘을 준다. 물고기는 모든 중생의 고통에 반응하는 지혜다. 고기는 바람이다. 심신에 힘을 주고, 육식동물의 힘을 준다. 자신을 신에게 바치는 행위다. 곡물은 땅이다. 곡물은 생명의 원천이고, 식물의 힘을 부여한다. 일체의 악행과의 단절에 비유된다. 마지막으로 교합은 공空이다. 교합은 세계의 창조, 그 근원이고, 생산력이다. 파괴의 신의 몸과 합하는 것이다. 이것들, 지수화풍과 그 자녀들의 주술적인 힘을 믿어야 한다. 잘 먹고, 즐겨야 한다. 오감의 쾌락, 세속적 향락을 통해 해탈에 이르러야 한다. 이 수행은 면도날 위를 걷는 것보다 어렵고, 호랑이와 함께 배를 타고 망망대해를 떠가는 것보다 어렵다. 과욕이 언제고 호시탐탐 이들을 노리고, 세상의 손가락질이 이들을 노린다.

서쪽 사원의 돋을새김들은 돌이 '한다'

돌벽에 등이 붙은 채 풍악을 울리고 전쟁을 한다

내 눈길이 닿으면 마치 처음인 것처럼 돌벽에 뒷
통수를 묻고 교미한다

—「돌이 '하다'」 부분(『당신의 첫』)

파괴의 신은 8만 4천 가지의 체위를 고안했다. 그는 아내와 한번 사랑을 시작하면 천 년 동안이나 계속했다. 그런 그가 끊이지 않는 욕망을 견딜 수 없어 자신의 그것을 잘라버렸다. 그리고 명상과 요가를 통해 성적인 것을 영적인 것으로 변모시켰다. 그러나 인간이 받들어 모신 것은 겨우 4천의 체위다. 이에 왕이 아들에게 에로스를 가르치기 위해 이 방대한 돌 사원들에 4천의 체위를 조각했다 하기도 하고, 그 많은 신들 중 엿보기 좋아하는 전사의 신, 불로장생약을 마시고 코끼리를 타고 다니는 신의 눈길을 잡으려고 이 사원들을 지었다고도 한다. 성행위는 파괴의 신과 여신의 사랑 놀이이고, 그다음 따라오는 쾌락은 지고의 환희다. 태양처럼 모든 것을 건조시키고, 불처럼 모든 것을 태워버리면서 즐기지만 죄에는 물들지 않는다. 바람처럼 모든 것을 스치지만 허공의 모든 곳에 있고, 강물 속에 푹 빠진 사람처럼 순수하다. 그리하려면 둘은 합일을 통해 서로 에너지를 주고받아야 한다. 이 사원에선 돌이 '한다'. 돌이 세상의 모든 체위를 연출하고, 공연한다. 돌이 맞물고, 돌이 안고, 돌이 돌을 빨고, 돌이 머리채를 잡고, 돌이 가랑이를 벌리고, 돌이 땀을 뚝뚝 흘리고, 돌이 비명을 지르고, 돌이 짐승과 한다. 튀어나온 돌과 움푹 들어간 돌들이 담쟁이덩굴처럼 얽혀 있다. 돌이 하게 하느라 석공이 땀을 비 오듯 쏟고, 돌이, 돌이, 돌이, 돌이 쾌락을 넘어 극치로 건너간다. 마치 그 쾌락을 통해 돌이 돌 밖으로 튀어나오려 하는 것 같다. 고도의 요기가 아니면 이 체위들을 공연할 수 없을 거다. 머리와 명상을 통해 알 수 없는 것을 몸을 통해서 알려고 하는 걸까? 온 세상의 모든 생식기 가진 것들은 성스러움을 내뿜을 수 있는 존재들일까? 이들은 여성이야말로 신비로운 에너지를 소유하고 있다고 생각한다. 여성의 생식기는 제단이고, 여성의 머리카락은 나무와 풀의 제물이고, 여성의 피부는 천상의 젖을 짜는 기구이며, 여성의 클리토리스 사이에는 불이 있다고 한다. 그 신비로움이 하늘의 신과 땅의 신 사이에 서 있는, 단지 존재하는 것일 뿐인 남성에게로 전해지는 것이란다. 서양의 생각과는 반대로 이들에게 남성은 고요함이고, 여성은 움직임이다. 여성이 없이는 남성은 풀 한 포기도 움직일 수가 없다. 여성은 물질이고 자연이지만 환영이 아니다. 여성은 환희다. 그리하여 하늘과 땅 사이에 한 그루 나무처럼 서 있는 남성의 몸속으로 수액처럼 신의 초월과 여성의 신비가 스며들어야 한단다. 남성은 여성의 신체에 감응하고, 자신의 기를 변화시켜 자신의 존재 여건을 변화시킨다. 남성은 하나라도 여성은 많을수록 좋다. 이 모든 체위들은 남성을 위해 있다. 허리가 끊어질 듯하고, 엉덩이는 풍선처럼 터질 듯한 거꾸로 매달린 여성들의 신비라니? 가운데 파괴의 신이 있고, 예순네 명의 여성과 남성이 배열되어 성적 행위에 탐닉한 돌조각이 가장 화려하다. 이들은 우주적 가족이다. 이들은 함께 환희의 세계로 여행한다. 이 돌의 사원 숲을 한 바퀴 돌고 나오면 길 밖에서 남자들이 음화를 판다. 고대부터 전해져 내려오는 음화들이다. 매우 수줍어하면서도 돌로 만든 구슬처럼 살에 닿는 뜨거운 시선, 그들이 나에게 그것을 사라고 팔을 잡아끈다.

뭄바이에는 야간 쥐 사냥꾼이라는 직업이 있다. 시험을 치르고 선발된 준공무원이다. 그들은 높은 경쟁을 뚫고 당당히 합격한 것을 자랑스레 여긴다. 그들에겐 손전등, 전선 3미터, 막대기가 지급된다. 그들은 으슥한 골목길이나 시장에서 쥐를 때려잡는다. 손전등을 비추면 쥐는 1초간 움직이지 않게 된다. 이때 시신의 손가락을 뜯어 먹고, 자는 사람의 귀를 물어가던 쥐에게 복수를 하는 것이다. 쥐잡이 한 사람이 하룻밤에 큰 쥐 서른 마리 이상을 잡아야 한다. 그렇지 못하면 그날은 결근한 것으로 처리된다. 막대기엔 피냄새가 묻어 있어야 하는데, 쥐가 피

냄새를 좋아하기 때문이다. 만약 쥐덫으로 쥐를 잡게 되면 쥐덫을 물에 담가 천천히 죽게 해야 한다. 그렇게 하는 것이 쥐에게 미안하지 않은 일이라 믿는다. 그러나 대부분의 시민들은 쥐를 죽이는 것을 환영하지 않는다. 쥐는 코끼리신이 타고 다니는 영험한 무샤크이기 때문에 천천히 타이르면 사람도 물지 않고, 병도 옮기지 않으리라고 믿는다. 물론 이 생각은 뭄바이의 해충방제협회와는 다르다. 여하튼 가네샤 축제 기간에는 쥐 사냥꾼도 쥐를 죽이지 않는다. 단체 휴가다. 그때 쥐잡이도 코끼리신과 무샤크 신의 축복을 받기를 바라기 때문이다.

사랑하는 사람을 위해 지어진 가장 사치스러운 기념비다. 흰 대리석 신전 혹은 능은 티끌 하나 없이 깨끗해서 노을이 미끄러지고, 파란 하늘이 미끄러진다. 그러나 안으로 들어가자 발냄새가 진동한다. 모두 신발을 벗고 맨발로 밀폐된 공간으로 들어가라 하니 그렇지 않겠는가. 이 능의 주인은 세상에서 가장 아름다운 대리석 방 아래 잠자고 있다. 관광객의 탐욕스러운 시선을 받으며 저 아래 있다. 그녀는 17년간 열세 명의 아이를 낳고 39세에 열네번째 아이를 낳다가 죽었다. 왕은 아내를 전쟁터에 데리고 다니면서 무수히 아이를 낳게 했다. 왕비가 죽자 왕의 머리카락은 하룻밤 사이 백발이 되었다. 그는 세상에서 가장 아름다운 성전을 아내에게 주려고 2만의 일꾼을 국적을 불문하고 모아들였다. 22년간 죽은 아내의 침실을 만들었다. 대리석 병풍과 보석 상감으로 벽을 마무리했다. 그리고 노동자들이 떠날 땐 그들의 손목이나 엄지손가락을 잘랐다. 그는 죽은 아내의 침실의 어떤 부분도 다시 다른 세상에 생산, 조립, 건설되는 것을 원치 않았다. 그리고 맞은편에 자신의 검은 능을 미리 짓다가 폐위되었다. 흰 대리석 벽의 붉은 꽃, 푸른 이파리, 황금 이파리, 조심스레 손전등 불빛을 비추면 꽃송이들이 돌 속에 생생하게 피어 있다. 천장은 두 개의 돔을 겹쳐놓아 작은 소리도 천둥소리처럼 들리게 했다. 조그맣게 속삭여도 하늘에 간 아내가 그 목소리를 듣도록 그리 설계했다고 한다. 노을이 지면 흰 대리석 사원은 처음엔 황금색, 두번째는 분홍빛, 세번째는 붉은빛, 맨 나중엔 어스름 속에서 흰 눈처럼 빛난다. 멀리서 보면 마치 우는 것같이 보인다. 그러나 이 성전은 이곳을 지배하러 온 이방 종교의 능이다. 이 능을 자기들 왕이 세운 자신들의 건축물, 자신들의 종교적 상징물이라 하는 사람도 있다. 이상한 내셔널리즘이 이 나라 사람들의 목소리에 들어 있을 때가 많다. 내가 도착했을 때 이 성전, 울고 있는 그녀의 무덤은 한쪽 얼굴에 팩을 붙이고 있었다. 흰 흙에다가 곡식의 줄기, 우유와 라임을 섞은 팩을 붙이고, 잡티를 제거 중이었다. 이 팩은 죽은 왕비가 얼굴에 붙이고 자던 것과 똑같은 재료로 만들었다 했다. 나는 그것을 사다가 내 얼굴에 붙였다. 잠시 기다리자 얼굴이 무덤처럼 딱딱해졌다.

아내의 무덤 멀리, 남편의 성으로 간다. 남편은 아내의 무덤을 짓느라 국고를 탕진하다 폐위되어 아내의 무덤이 아련히 내려다보이는 붉은 성에 유폐되었다. 둘째 아들이 왕위를 찬탈하여 아버지를 가두었다. 이곳은 그들이 결혼식을 거행한 곳. 나는 곱게 단장한 코끼리를 타고 성으로 올라간다. 코끼리들이 걸어가면서 푸른똥을 갈긴다. 코끼리의 똥은 풀이 많아 종이를 만들 수도 있다. 바짝 마르면 수세미처럼 줄기가 많은 식물 뭉치 같다. 성을 다 오르면 코끼리들은 긴 코를 성의 난간에 걸치고 나를 내려준다. 내려서 성으로 올라간다. 성은 강과 해자로 둘러싸여 요새처럼 보인다. 벽은 붉은 사암에 흰 상감 연화문으로 타일이 발라져 있고, 촘촘하게 구멍을 뚫어 바람이 통하게 했다. 멀리 강 가운데는 이 높은 성에서 내려다보며 감상할 수 있도록 네모난 정원이 가꾸어져 있다. 그곳엔 수많은 꽃들이 질서 정연하게 무리 지어 피어 기하학적 문양을 뽐낸다. 강물 위에 떠 있는 거대한 그림 한 장 같다. 실내의 돌바닥 가운데로는 수로를 뚫어 물이 흐르게 하거나 실내 분수를 만들어서 흐르는 에어컨, 냉방 시설을 해놓았다. 둥근 성루에는 화살을 쏠 수 있는 구멍들이 늘어서 있고, 사방이 탁 트여 멀리서 오는 누구도 볼 수 있게 되어 있다. 진주 모스크, 보석 모스크, 주옥 모스크가 따로 배설되어 있고, 기둥에는 이 나라에 퍼져 있는 세 가지 종교의 상징물들이 사이좋게 늘어서 있다. 심지어 폐위된 왕은 이곳에서 서방에서 온 가톨릭

수사들과 토론을 즐겼다고 한다. 굉장히 넓어서 성이며 궁전인 이곳을 다 돌아다니려면 반나절 이상이 걸린다. 돌을 나무처럼 주무른 성에서 아래를 내려다보면 지금은 사라진 폐허의 마을에서 그때 그곳에 살던 사람들이 내뿜는 신기루가 가득 몰려온다. 물 긷고, 무덤을 짓고, 곡식을 생산하며, 코끼리를 타고 다니던 사람들. 사라진 풍경의 서글픈 잔해들이 몰려온다. 동쪽 끝 높디높은 성벽의 테라스는 왕이 죽은 아내의 무덤을 바라보던 곳이다. 이름하여 포로의 탑이다. 대리석 기둥이 까마득히 세워진 이곳은 벽마다 촛대를 세워두던 구멍이 패여 있다. 왕은 이곳에서 수십 개의 촛불을 켜고 시시각각 색깔이 변하는 자신이 만든 아내의 대리석 무덤을 내려다보았다 하기도 하고, 소금물만을 먹이라는 아들의 명대로 소금물을 삼켰다 하기도 한다. 앉으면 불행해진다는 금기가 있는 대리석 접견실엔 먼지만 가득하다.

쥐는 접촉강박증이 있다. 어딘가 몸을 붙이고 있는 것을 좋아하고, 담장, 철로, 기둥으로 달린다. 찐득찐득한 곳을 좋아한다. 쥐는 제 몸 깊은 곳에 자기가 지나간 길을 기록해두는 모양이다. 쥐는 뭉쳐 다니길 좋아한다.

모두 이방 여성인 나를 쳐다본다. 버스나 기차에서도 그렇고 공원에서도 그렇다. 난데없이 '아이 러브 유' 한다. 가끔 한눈을 팔다 보면 누군가 팔을 쓰다듬고 있다. 엉덩이를 꼬집고 있다. 치맛자락을 잡아당기고 있다. 야단을 치거나 눈을 흘기면 금세 주눅 든다. 이들은 그 많은 신들에 휘둘려서 그런지, 포기가 빠르다. 앙탈과 포기가 얇은 종이 한 장 두께다. 파리채를 하나 산다. 남자들의 시선과 손가락을 물리치려면 파리채가 그만이다. 파리를 잡는 양 그들의 시선과 손을 때려잡는다. 오래된 사원들의 내부는 어둡다. 혹은 높고 깊다. 돌로 쌓은 오래된 사원으로 올라가보면 사원의 높고 깊은 규방엔 촘촘히 돌을 그물처럼 엮은 창이 밖을 향해 열려 있다. 그들은 거기에 자신의 아내들과 누이들, 어머니를 가두어두었었다. 사람들은 떠나고 없고, 빈방들은 뜨거운 대기 속에서 부푼다. 어디든 무너진 사원이나 집은 그곳에 살던 사람들의 흔적을 공기 중에 간직하고 있다. 나는 그것들에 휘둘린다. 그렇게 느낀다. 폐허가 풍기는 몽환이 만개한다. 사원의 계단들을 오르내리다가 몽환에 빠졌나 보다. 또 나가는 길을 잃었다. 몹시 어둡다. 자객이 기다리고 있는 것 같은 계단이라고 묘사한 서양 사람의 소설 한 구절이 갑자기 생각나서 옴츠러든다. 발을 헛디딜까 엉거주춤 벽을 쓰다듬고 있는데 일단의 청년들이 계단을 올라온다. 첫번째 청년이 아이 러브 유 하며 팔을 잡아당긴다. 두번째 청년이 내 가슴에 손을 댄다. 나는 마구 소리 지른다. 그러자 모두 재빨리 달아난다. 그들은 무섬증이 대단히 많다. 나는 그들을 쫓아 이번엔 겁도 없이 계단을 올라간다. 또다시 마구 소리 지른다. 그들이 흩어진다. 나는 그들을 잡을 수가 없다. 그다음부턴 팔찌, 귀걸이, 반지, 코걸이를 한 그곳 아줌마들을 따라다닌다. 이 나라 아줌마들은 아주 금을 좋아하는 것 같다. 누구나 무거운 금장식을 휘황하게 두르고 다닌다. 밭에 일하러 가거나, 물 길러 갈 때도 금을 두르고 다닌다. 비싼 화장품, 약에도 금가루가 들어간다. 황금이 부를 과시하기도 하지만, 주술적인 이유로 사용되기도 한다. 아줌마들은 인정 많고, 시끄럽고, 안전하다. 그 어느 누구도 이 아줌마 집단을 건드리지 않는다. 그 많은 거지들에게 적선하는 것도 이들이고, 청년들에게 소리치며 혼내주는 것도 그들이다. 그들은 시가에 돈을 많이 내고 시집가서 아줌마가 되었다. 이들의 아버지들은 돈을 주고 남편을 사서 이들에게 주었다. 남편들은 돼지들처럼 등급이 있다. 등급이 높을수록 많은 돈을 지불해야 한다. 아버지들은 딸이 태어나자마자 딸의 남자에게 줄 돈을 저축한다. 지참금은 가방에 넣어져 현금으로 전해진다. 이것을 마련할 수 없어, 혹은 이것의 압박 때문에 자살하는 여성이 수천이라 한다. 남자들과 달리 이들은 검고 숱 많은 머리칼만큼 당당하고 아름답다. 이 농부의 아내들은 보름달이 기울어갈 때 마을 밖의 공터에 돌을 쌓아놓고 성전도 없이 뱀여신, 마을의 여신을 모신다. 술을 마시고, 마리화나를 피우면서 뱀여신에게 우유와 버터를 바치고 여신에 홀린다. 아무도 알아주지 않아도 이때만큼은 그들도 세상을 향해 '말'을 할 수 있게 된다. 그들만의 말을. 방언을. 남편을 위한 단식을 끝내는 날엔 일곱 마리의 말이 끄는 수레를 탄 해님에게 물을 바친다. 그들을 따라다니다 보면 그들이 무뢰한들을 언제나 간단히 물리쳐준다. 나는 이 색색의 사리와 금붙이를 두른 아줌마들이 믿음직스럽다.

색색의 사리를 두른 아줌마들은 두 종류의 정체성을 강요받는다. 아내와 엄마. 가부장제는 아내에게 금으로 만든 수갑을 주고, 그녀가 어머니가 되면 우주의 생성, 지속, 변화를 담당하는 생명 에너지를 내뿜으라고 닦달한다. 이들의 오래된 서사시엔 두 종류의 아줌마 군단이 출몰한다. 하나는 아내, 하나는 어머니. 아내의 최대 덕목은 정절과 아들 출산, 서사시 속의 아내는 남편과 세상이 다 의심해도 정절을 지키다 죽음을 택한다. 요란스러운 영화도 텔레비전 드라마도 서사시의 틀을 벗어나지 않는다. 아내여신은 남편의 통제 아래 온화하고 자애롭고 이지적이고 현명하다. 아내여신의 정체성은 남편의 보호와 의심 아래 편안하거나 고통스럽다. 반면에 어머니여신은 홀로 있다. 여신은 남편이 없을 때 더 강력하고, 더 자율

적이며, 더 독립적이다. 이들은 처음엔 평범한 어머니였지만 사회적 모순에 분노하다가 여신이 되었다. 분노와 자애가 이들의 감정적 정체성이다. 낮에는 분노한 여신이었지만, 밤에는 자식들을 양육하려고 자애로운 어머니로 돌아온다. 심지어 귀신 들려 마을을 떠돌던 여자도 밤이면 밥하러 집에 온다. 어머니여신은 날마다 진화하면서 부유함, 지혜로움, 힘을 갖는다. 세상을 전개하고, 유지하며, 해체하는 남성신들의 분업적인 것을 한 몸에 갖고 분열한다. 이 어머니여신은 우주의 모체, 자연 그 자체로 칭송된다. 원초적 질료로 무장한 어머니는 아들신들의 온갖 허드렛일을 다 감당해낸다. 전쟁터를 누비고, 죽음의 계곡으로 날아간다. 자식의 죄를 들이마셔주고, 스스로 낳고 혼자 기른다. 이 나라의 여신들은 긍정적 힘과 부정적 힘, 아내여신과 어머니여신으로 변신하면서 종횡무진 신들의 나라를 돌아다녀야만 한다. 여신들의 분열 횟수는 사랑의 신을 능가한다.

부끄러움이 없는 것이 아니라 발가벗은 것이다. 마치

자연처럼. 기차나 자동차를 타고 가다 보면 떳떳하게 대 놓고 배설하는 남녀노소를 본다. 나름대로 광장한 의식을 집전한다는 표정을 짓고 있다. 성에 관해서도 그렇다. 이렇게 적나라할 수가! 정신은 나중이고 우선 몸이다. 배설 중인 소녀가 지나가는 나에게 하이! 한다. 나도 하이! 한다.

쥐가 달걀을 옮긴다. 쥐 한 마리가 달걀을 안고 드러눕는다. 그러면 다른 한 마리가 그 쥐의 꼬리를 물고 쥐구멍으로 달려간다. 달걀을 바닥에 내려놓고 이빨로 껍질을 쏠아 나누어 먹는다.

집에서부터 포도주를 들고 왔다. 여행 중 생일을 축하하기 위해서다. 호텔 사람에게 포도주병을 따달라고 부탁한다. 그는 부엌으로 가더니 맥주병 따는 것을 들고 온다. 하는 수 없이 식탁의 칼로 코르크 마개를 따보려고 한다. 코르크 부스러기가 바스라지기만 할 뿐 따지지 않는다. 그러자 아까 그 사람이 열쇠를 들고 온다. 자기가

해보겠다는 것이다. 열쇠를 가지고 하는 양을 보니 밀어 넣기만 하지 나보다 못하다. 코르크와 실랑이를 하다가 어찌어찌 포크를 꽂아서 코르크를 밀어 넣는다. 병이 따졌으니 코르크 가루와 섞인 포도주를 마신다. 어쨌거나 생일은 축하한 것이다. 방에 들어와보니 지갑에 돈이 없다. 어찌 된 영문인지 모르겠다. 고약한 생일날이다. 창문으로 새들이 뺨을 갈기듯 날아가고, 다음 날 식당에 갔더니 자기네 포도주를 먹겠냐고 물어본다. 어디서 났는지 들고 온 포도주병 입구엔 녹이 슬어 있다. 그에겐 여전히 코르크 따개가 없다.

한 인형이 다른 인형이 태워지는 것을 보는데
강 건너편에서 보다가 가까이 가서 보는데
먼저 머리 껍질이 타들어가는 것을 보는데

누가 한 사람을 데려가고
여기 장작더미 위에 그의 인형을 갖다 놓았을까
오늘만 좀 재워주세요 하더니 영원히 일어나지 않

는 손님처럼

몸이 다 타도록 그 사람은 돌아오지 않네

누가 먼 옛날 네 어머니의 젖을 폭폭 떠먹었단 말인가

누가 너를 훔쳐가고 네 인형을 유모차에 태워놓았단 말인가

사연도 모르는 뼈를 키워서 학교로 보냈단 말인가

바라나시의 노천 화장터 곁에서 찍은 사진을 들여다보니

인형인지 사람인지 너인지 나인지 눈물인지 땀인지

노란 이불을 덮고 들것 위에 찌그러져 붙어 있는 것

—「인형」 전문(『죽음의 자서전』)

화장은 죽은 것들이 빨리 부패하는 이 나라의 가장 흔하고 적당한 장례법이다. 길에는 주검을 간단히 싸서 들것에 올려 높이 들고 다니는 사람들이 많다. 그들을 따라

가보면 어김없이 화장터가 나온다. 약삭빠른 소년이 좋은 자리를 주겠다고 따라오라고 한다. 따라가보면 짓다만 집의 옥상이거나 상주들 자리 뒤가 나오거나 한다. 그러고는 또 팁 팁 팁. 강으로 돌출된 돌바닥 위에서는 불과 연기와 태워지는 사람과 상주들의 파노라마가 펼쳐진다. 노인들은 거기서 화장되고자 몸속에 금붙이나 나뭇값을 지닌 채 살아 있는 몸으로 이곳에 온다. 노인들은 유리걸식하거나 화장터 옆에 늘어선, 주검을 기다리는 사람들을 위한 하숙집에서 죽을 날만을 기다린다. 강으로 내려가는 계단에 예방주사를 맞으려고 줄 선 사람들처럼 노인들이 태워지는 주검들을 부러운 눈으로 바라보고 있다. 그들은 그렇게 불에 태워질 날을 간절히 기다린다. 만약 그들의 수중에 나무를 살 돈이 모자라게 들어있다면 아마도 그들의 발 한 짝, 혹은 다리 한 짝은 덜 태워질 것이다. 그러면 그의 발은 개들의 차지가 될 것이다. 한 사람의 몸이 다 타는 것이 아니라 한 사람분의 나무가 다 타면 돌바닥이 한 대야의 물로 비워지고 또 다른 나무와 사람이 올라간다. 사람이 죽으면 그다음 날 깨끗이 목욕을 시킨다. 머리와 수염을 깎아준다. 수의를 입히고 들것에 실어 황금색 휘장을 덮어서 화장터로 간다. 경을 읊으며 남자들만 시신을 따라간다. 문상객들은 나뭇가지를 들고 온다. 화장터에 장작을 # 모양으로 올리고, 그 밑에 짚을 한 아름 넣는다. 새 옷을 덮어주고, 장남이 그 화목 더미를 세 바퀴 돈다. 돌 때마다 성수를 뿌리고, 죽은 사람의 입속에도 넣어준다. 그리고 상주가 불을 붙인다. 지난 세기엔 환각제를 먹은 혹은 먹인 여인들이 남편의 몸 위로 자신의 몸을 던졌다지만 지금은 그런 일이 드물다. 죽은 사람의 옷은 벗겨지면 거지가 가져가거나 개가 물어 간다. 그 옆에서 성스러운 물에 순례자들이 몸을 담그고, 일평생 빨래하라는 운명을 받아들인 사람들이 빨래를 한다. 태어나고 살고 죽는 것의 동시적 발현이 강에서 펼쳐진다. 장례를 지내면 상주는 머리를 밀고 흰옷을 입고 그곳을 떠난다. 장례 후 이레째 여자들은 손발톱을 자르고, 머리를 감고, 남자들은 머리를 삭발하는 것이 전통 관례라지만 가난한 사람들은 그 모든 것을 하루에다 마친다. 장례 후 12일이 지나야 집안은 죽음의 기운에서 벗어난다. 성스러운 강물을 놋쇠 주전자로 한 주전자 들고 머리를 밀어버린, 흰 천을 허리에 두른 사자의 아들이 울면서 제방을 돌아간다. 그의 눈이 빨갛다. 죽음의 의례는 단순하고 명쾌하다. 죽음이 재빨리 치워지고, 삶 속으로 죽음은 휘발한다. 그러나 그리 생각하지 않는 사람들이 늘어난다. 신도시에 사는 사람들은 이 물을 더럽다 한다. 그들도 나처럼 이 강에서 목욕하지 않는다.

강기슭에 누워 기다리다 보면 내 차례가 돌아오네요, 강물이 내 몸을 씻기네요, 무심한 바람이 불어와 내 하얀 옷자락을 나부끼게 하네요, 눈물이 마르네요, 당신은 머리를 감고 흰 수건을 목에 두르고 있네요, 당신은 나를 불의 침상 위에 올리네요, 당신은 내 목구멍에 기름을 넣고, 심지를 꽂네요, 심지에 불을 붙이네요, 내 목구멍이 촛대가 되었네요, 내장이 밀납처럼 타오르네요, 초록색 불길이 입술 밖으로 솟네요, 내 벌어진 두 발이 침상 밖에서 추워, 추워, 소리를 지르네요, 당신은 짚 한 단을 내 가슴 위에 덮어주네요,

그 짚에 불을 붙이네요, 당신은 가끔 생각난 듯 꽃잎을 뿌려주네요, 향 막대기도 던져주네요, 당신이 내 다리 밑에 군불을 지피자 내가 전신으로 불길을 내뿜네요, 갈비뼈가 타오르네요, 모닥불 속에 허수아비를 던졌을 때처럼 내 근육들이 춤추네요, 나는 타오르다 말고 소리쳐 울기도 하네요, 벌떡 일어서기도 하네요, 나에게서 내 죽음이 태어나네요, 내가 온몸을 수축시켜 죽음을 분만 중이네요. 이제 일을 마친 내가 타오르는 내 알몸을 물끄러미 바라보기도 하네요, 불길이 죽음을 저 바람에게로 데려가네요, 당신은 재를 강물에 뿌리네요, 당신은 재를 한 움큼 들어 맛보기도 하네요, 재가 된 나는 맛이 없네요, 생각도 없네요, 하늘 땅, 공기, 세 군데 이 세상 어디에도 재는 이제 속하지 않네요, 그 재가 한 가마니네요, 그 재가 두 가마니네요, 아이구 그 재가 열 가마니네요, 비루먹은 개가 한 마리 이제 저 하늘만큼 커져버린 내 눈알 하나를 물고 가도 당신은 강 물결만 바라보네요, 한 세숫대야의 물로 나를 씻어내버리네요. 그러다 재 묻은 몸 씻으러

강가로 내려가네요,

왜 꼬챙이로 허벅지를 들쑤시는 거야?

왜 머리를 두드리는 거야?

잘 타라구

—「목구멍이 촛대가 되었네요」 전문(『당신의 첫』)

흰쥐는 영혼의 상징이다, 사람이 죽으면 그의 코에서 영혼이 빠져나온다. 검은쥐는 남녀 생식기의 상징이다. 그는 인체의 가장 깊은 곳에 숨어서 날마다 번식을 생각한다. 이 나라를 떠나 세상을 유랑하는 집시들의 상형문자에선 쥐가 나선형으로 표시되어 있다. 이 나선형은 미궁의 상징이며 부활의 상징이다. 낮에서 밤으로, 밤에서 낮으로 넘어가는 경계의 상징이다. 여성의 상징이다. 삶에서 죽음으로, 죽음에서 삶으로, 시간의 수레바퀴의 상징이다. 나선은 자궁에서 미끄러져 내려오는 산도産道의 모양이다. 그래서 기둥을 갉아 먹고 있는 쥐는 심연의 시간 위에 뜬 배 한 척처럼 한 인생의 상징이 된다. 그리하여 쥐는 인간을 비추는 검은 거울이다.

이 나라에는 역사서가 없고, 분열하고 번식하는 사람들의 이야기를 품은, 그 이야기마저도 분열하는 전설과 신화와 노래는 가득하다. 그 이야기가 나를 환각게 하지만, 내가 딛는 땅엔 똥과 쓰레기가 가득하다. 이 땅에는 3억의 신들이 있다. 그러나 그 신들은 신이라는 존재자의 화신일 뿐이다. 그렇다면 이곳엔 보이지 않는 곳에 하나의 신이 계시는가. 그것도 아니다. 그는 존재하지 않는다. 이곳은 언뜻 보면 내 영혼이라는 것, 네 영혼이라는 것의 순수한 단일성을 오염시키는 것들투성이처럼 보인다. 모두 우상들처럼 보인다. 그러나 자세히 들여다보면 모두 단 하나로부터 비롯된 분신들이다. 모두 단 하나의 자식들이다. 그러나 단 하나는 어디에도 없다. 그러기에 이곳 사람들은 다신교를 믿고, 일신교를 믿고, 또, 무신론자들이다. 여기에선 나는 하나인가, 나는 여럿인가 묻는 것조차 어리석다. 그런 구분조차 없다. 부정적 형이상학이 없다. 하나의 남신이 수많은 여신을 품고 있다. 또 다른 신들까지 육화하고 있다. 그 모든 신들이 궁극 실재의 인격적 완성을 넘어간다. 신적인 것이 만물과 만인 안에 존재한다. 하나의, 그러나 없는 신이 3억 개, 30억 개 퍼져서 우주 안에 미만해 있다. 이 신들이 저 산정을 향해 가는 길에서 만나는 무수한 이정표들처럼 보인다. 어느 길로 가든, 어느 이정표를 벗 삼아 걸어가든 간에 메루산에 도착할 수 있으리라 믿는 것이다. 그러나 메루산이 어디에 실재하는 것인지는 아무도 모른다. 티베트의 카일라스를 향해 히말라야를 올라가는 이 나라 사람들의 버스 행렬은 끝이 없지만 그러나 그곳도 실재가 아니니다. 만일 절대 수준이라는 것이 있다면 신들은 그 수준으로 가는 길에서 거쳐 가는 그 절대의 분신, 하나의 존재가 형태를 바꾼 구체적 발현들일 뿐이다. 마치 암수 쥐 한 쌍이 1년에 1만 5천의 쥐를 번식시킬 수 있듯이 그 구체적이고 상대적인 분신 하나가 또 하나의 존재를 하나 낳는다. 내 사라진 뒷모습이 날마다 내 꿈속에서 새끼를 치고 있듯이 그렇게 신들이 분열하고, 인간들이 그 분열한 각기 다른 신들의 얼굴을 빤히 쳐다본다. 예배한다. 이곳의 공기는 휘발성이다. 똥도 금방 휘발하고, 주검도 금방 휘발하고, 사람도 금방 휘발한다. 쉬파리 떼처럼 달라붙는 신들도 금방 휘발한다. 뜨거운 대기 속에 벌레가 없는 것이 신기하다. 대신 신들이 벌레보다 많다. 그 휘발하는 신들 중 하나가 열락의 유채꽃밭에서 수십만의 여자를 만나 한꺼번에 상대적이나 개별적인 발현인 몇만의 아기들, 각자를 방출한다. 수많은 색色들 속에 하나의 커다란 공空이 끓는다. 수많은 공들 속에 커다란 하나의 색이 끓는다.

나는 저 깊은 곳, 아니면 저 높은 곳, 이곳과 연결된 그곳들을 통과하는 무한한 존재다. 수레바퀴다. 나는 나만이 아닌 무수한 존재들과 연결되어 있다. 나는 나에서 나와 너로 간다. 너에서 나와 그것으로 간다. 나는 여기서 너를 배제하고 살 수 없다. 나는 너로서 무한하다. 무한은 영원히 계속한다. 개체들만 무한한 것이 아니다. 공간도 시간도 무한하다. 신들도 무한하다. 무한한 우주에서 무한한 자유를 가진 것들로서 무한으로 공존하고, 무한히 발생하고, 번성한다. 모든 존재는 몸속을 살아 있게 하는 모든 움직임의 '쥐하기'이다. 모두 자연스럽다. 모두 스스로 그러하다. 그러니 나에게 나의 내면이 있다고 말하는 것은 웃기는 노릇인 것처럼 느낀다. 내 몸속에서 쥐 떼가 번성한다. 쥐 떼가 나다. 생겨났다가 스러지고, 스러지다가 생겨난다.

나는 이곳에서 내 더러운 것이 내 더러운 것을 닦는 것을 경험한다. 내 더러움에 익사하자 내 더러움이 잠시 깨끗해진다. 혹은 하나도 빠짐없이 모두 더러워진다. 내가 사는 동안 얻은 것도 잃은 것도 없다. 나는 내 안에 무한 증식, 무한 사망하는 숯처럼 까만 쥐들을 거느리고 피리를 불며 식별 불가능 지대를 떠난다. 나는 이곳을 겪었는가? 다만 나의 그 무수한 쥐들 중 한 마리를 이곳에서 만났을 뿐인지도 모른다. 까만 숯처럼 쌓인 쥐들 중 어느 하나가 지금 붉은 눈 두 개를 반짝 뜨고 있다. 나다. 곧 재가 될 바알간 숯이다.

붉음

붉은 목탑

세계에서 가장 오래된 목탑을 보러 간다. 자동차는 저 멀리 시장 근처에 세워두고 걸어서 간다. 길은 진창이다. 붉고 차진 흙들이 끈적끈적하게 신발에 달라붙는다. 금세 신발 한 짝의 무게가 몇십 킬로그램이 된다. 흙의 무게를 이기지 못한 오른쪽 신발이 발을 혼자 가게 내버려두고, 저 혼자 땅바닥에 찰싹 달라붙어버린다. 그러면 길가에 쭈그리고 앉아 있던 남자들이 낭자하게 웃어댄다. 그들은 거의 모두 짙은 청색 옷과 모자를 쓰고 있다. 이 지방 사람 모두가 제복을 입고 있는 것처럼 느껴진다. 멀리서 이들이 움직이고 있는 걸 바라보노라면 마치 제국이 백성의 몸으로 국토 전체에 잉크를 들이부어 글씨를 쓰고 있는 것처럼 느껴진다. 남녀노소를 불문하고 전 국민에게 같은 제복을 입힌 나라가 있었다니, 내 노란 옷차림은 어디서나 눈에 띈다. 용을 쓰고 몇십 분을 걸어간다. 가다가 화장실에 들른다. 도저히 들어갈 수가 없다. 화장실이 넘쳐 어디가 구멍이고 어디가 발판인지 알 수가 없다. 이미 거기서 흘러나온 것들이 주변을 질펀하게 만들고 있다. 그 길에 사람들이 둘러앉아 해바라기씨를 맹렬한 속도로 까먹고 있거나, 하릴없이 지나가는 사람들을 쳐다보거나 한다. 입꼬리 한쪽으로 해바라기씨가 들어가자마자 다른 쪽 입꼬리에서 이미 알을 빼앗긴 껍질이 바닥에 떨어진다. 대단한 속도다. 그들의 꿈속에 복수를 위해 노란 해바라기 군단이 몰려오지나 않을는지 모르겠다. 나는 가방에서 파란 부채를 꺼내 냄새와 파리를 쫓는다. 국수를 파는 우산만 한 천막이 그 진창에 뿌리를 박고 서 있고, 그 아래 좁다랗고 긴 나무 의자가 놓여 있다. 사람들이 거기서 면발 굵은 국수를 한 보시기씩 사 먹는다. 탑은 천 년 전의 전쟁터 자리에 세워져 있다. 이곳에서 오랑캐와 밀고 당기기를 수십 번, 수백만의 아군과 적군 병사들이 이곳에서 죽어갔다. 그 원혼을 달래려 세상에서 제일 높은 탑을 백 년을 넘게 공들여 세웠다. 천 년 전의 일이다. 탑이 가까워지자 비명이 들리기 시작한다. 어찌나 많은 짐승들이 한꺼번에 울어대는 소리가 들려오는지 귀가 먹먹하다. 오지 마, 오지 마, 오면 죽어! 하는 것 같기도 하고, 악, 악, 악, 악 소리치며 한꺼번에 쓰러지는 앳된 병사들의 비명 소리 같기도 하고, 화살 수백만 개가 쉬지 않고 팽팽한 시위를 떠나는 소리 같기도 하다. 탑이 보이는 곳에 도착해 나도 비명을 질러댄다. 탑을 에워싸고 수십만 마리의 제비가 내려앉았다 떠오르고, 다시 내려앉았다 떠오른다. 그들은 위아래로 날지 않고, 옆으로 수평으로 나는 것 같다. 탑은 전혀 보이지 않는다. 마치 쉬어터진 거대한 고봉밥에 까맣게 들러붙었다 떨어졌다 하며 앵앵거리는 파리 떼 같다. 탑은 멀리서 볼 땐 검었지만, 가까이서 보니 붉다. 멀리서 볼 때 검게 보이는 것은 이 제비들 때문이다. 점점 가까이 다가가자 너무 시끄러워 말을 나눌 수조차 없다. 악몽이다. 67미터짜리 거대한 팔각 탑, 그나마 기울어진 탑을 제비들이 맹렬하게 두들기고 있다. 찌르고 있다. 비웃고 있다. 봄이면 돌아오는 전쟁터의 검은 원혼들 같기도 하고, 원혼들의 변발이 한꺼번에 바람에 날리는 것 같기도 하다. 탑은 팔을 들어 뺨을 갈기는 검은 손바닥을 쫓을 힘을 다 소진했나 보다. 거대한 탑은 온순한 짐승처럼 체념하고 있는 것 같다. 뺨을 때리는 철썩철썩 소리를 수십만 개 모아놓으니 마치 인구 많은 이 나라에서 오늘 이 시간 생을 마감한 사람들의 속으로 터진 비명을 다 모아놓은 것 같다. 붉은 탑이 귀싸대기를 맞으며 검은색으로 굵는다. 나는 탑 아래에 속수무책으로 서 있고, 탑은 정신없이 두들겨 맞는다. 검게 회오리치며 하늘로 떠오르려는 토네이도 같기도 하다. 이건 악몽이야, 생시가 아니야 그렇게 읊조리는데 제비 똥이 두 뺨에, 두 손에, 안경에 마구 떨어진다. 삽시간에 흰 똥 사람이 된다. 탑은 밖에서 보면 5층이지만 안으로 들어가면 9층이다. 각 층마다 숨겨진 층이 있다. 탑은 못을 쓰지 않고 나무와 나무가 맞물리게 했다. 마치, 거대한 목탑이 이를 꽉 물고 있는 것 같다. 어찌나 이를 꽉 물고, 뼈와 뼈를 억세게 움켜쥐었는지, 여러 차례의 지진에도, 벼락에도, 포탄 2백 발에도 무너지지 않았다고 한다. 탑 안으로 들어간다. 탑 안에는 채색이 다 벗겨지고,

살이 다 터진, 너무도 슬픈 표정의 부처와 보살 들이 마치 묵언으로 회의를 하듯 빙 둘러앉아 있다. 너무 시끄러워 귀가 먹은 것 같은 부처들의 모습이 처연하다 못해 처참하고 슬프다. 너무 소란스러워 살이 떨어져도 깨닫지 못했을 것 같다. 꽉 참은 눈물이 몸속에서 끓는다. 저 작고 검은 중생 떼를, 저 지옥을 어찌할꼬, 살점을 뜯어내며 울음을 참는 부처들의 울음을 삼킨 먹먹한 신음 소리가 들리는 것 같다. 탑의 겨드랑이, 사타구니엔 작은 틈도 없이 수천 개의 제비 집이 매달려 있다. 거기에 발갛게 익은 제비 새끼들이 제 몸보다 더 큰 입을 벌리고 먹을 걸 달라고, 달라고, 악을, 악을 쓰고 있다.

붉은 먼지

당신은 푸른 하늘을 노래해라. 나는 내 몸속에 일어나는 붉은 먼지구름을 노래하련다. 당신은 소멸의 고귀함에 대해 노래해라. 나는 내 몸을 풀고 아기를 낳는 날들을 노래하련다. 당신은 푸른 바다를 헤치는 흰 돛을 달고 피안으로 가라. 나는 전장의 참화 속에서 아기의 기저귀를 널어놓고 쌀을 씻고 저 푸른 하늘에 눈을 흘기련다. 내 붉은 치마 속으로 숨어 들어오는 사람을 숨겨주련다.

붉은 모래 붉은 노래

한번은 이 나라가 오고, 한번은 저 나라가 왔다. 올 때마다 식솔을 죽이고, 곡식을 뺏어 갔다. 이 나라에 부역하다 보면 질풍노도처럼 저 나라가 몰려왔고, 저 나라에 부역하다 보면 이 나라가 도둑처럼 들이닥쳤다. 이 나라가 와서 딸을 데려가고, 저 나라가 와서 아들을 죽였다. 그러다 모두 가버리면 농사를 지었다. 오아시스의 삶이란 그런 것이다. 그러다 호수까지 마르자 가구와 비단과 경전을 사막의 모래 속에 파묻고 키 큰 나무를 깊이 꽂아 표지를 남겼다. 언제 다시 찾아올 거라고, 언제 다시 와 이 나무 아래에서 낙원처럼 살 거라고, 손가락 걸고 뿔뿔이 흩어져갔다. 모든 길은 사막을 향해 나 있었고, 모두 그 길을 타고 사라져 가버렸다. 그러나 아무도 돌아오지 않았다. 천 년이 지나도 돌아오지 않았다. 날마다 모래 속에 감춘 신령한 것들이 더 깊숙이 파묻혔다. 누군가 이 모래 속에서 강보에 싸인 아기를, 보석을, 경전을, 부처님을, 공주의 미라를 꺼내 들었다. 사막을 내다보던 병사의 노래가 발굴되었다. '아, 무서운 검은 폭풍이여/내 고향을 파묻어버렸네/내 처자식을 뿔뿔이 흩어버렸네/네 검은 마수에 걸리면 모두가 사막이네/언제 내 고향을 보려나'

붉은 모래

사랑이 손가락 사이로 빠져나가는 것을 무연히 응시하고 있는 두 사람이 속절없이 마주 보고 있는 실내. 몸속을 도는 피의 붉은피톨들이 모래알같이 서걱거린다. 모래가 방 안에 가득 쌓인 것 같다. 같은 방 안에 있어도 우리는 멀리 있다. 이 모래를 다 퍼내야 서로에게 다가가 마주 볼 수 있다. 모래 때문에 내 말이 당신에게 전달되지 않는다. 모래 때문에 당신을 만질 수 없다. 우리는 무언극 배우처럼 붉은 모래를 헤치려고 가끔 움찔거리기는 하는가 보다. 내 귓속에서 모래 쏟아지는 소리가 쏴아 들린다. 그러나 붉은 모래에 갇힌 우리가 스스로 이 모래를 퍼낼 순 없다. 숨막혀 죽을 지경이라고 말해버리고 싶다. 전신을 채우는 붉은피톨로 만든 족쇄에 가득 갇혀 있는 당신과 나, 내 몸속의 붉은 피돌기가 섬세한 가죽끈처럼 몸을 옥죄어온다.

피눈물

초원의 봄은 더디 온다. 봄인가 하면 다시 한파다. 물 한 컵으로 양치하고, 조금 남은 물을 수건에 적셔 얼굴을 닦는다. 며칠 만에, 강한 직사광선에 얼굴과 양손이 꺼멓게 탄다. 감지 않은 머리칼을 뚫고 몇 개의 까치집이 솟는다. 손톱 밑이 새까매진다. 말이 초원이지 마른풀 한 포기 없다. 양치기가 양을 몰고 나와보지만 갈 곳이 없다. 양이 풀뿌리를 뜯는 소리가 마치 칠판을 손톱으로 긁는 소리 같다. 온갖 짐승들이 쉼 없이 주둥이로 마른땅을 긁고 있다. 그러다가 푹 쓰러진다. 지나가던 양이 쓰러진 짐승의 털이 풀인 줄 착각하고 달려들어 뜯어 먹는다. 죽은 짐승들의 시체가 쓰러져 있어도 웬일인지 까마귀도 독수리도 오지 않는다. 계속되는 가뭄에 불안과 공포와 야비함과 비웃음과 억울함과 경계심을 감추는 법을 배우지 못한 초원 사람들의 얼굴이 굶주린 이리처럼 변한다. 그들의 얼굴에도 풀 한 포기 없는 초원처럼 시꺼먼 골이 팬다. 그러나 저 멀리 말을 타고 가는 여인, 머리 꽁지를 말 꽁지와 함께 휘날리며 가는 여인의 모습은 서늘하게 아름답다. 잠시 후 반대쪽에서 오보를 향해 맞달려 가는 청년의 모습도 신기루 같다. 신기루는 멀리 있고, 가뭄은 바로 여기 있다. 여기서 저기 마주 보이는 오보, 저 청춘들이 만나는 성황당까지 가려면 말을 타고도 반나절이 걸린다. 그러나 어쩐지 지척인 것 같다. 드넓은 초원에서 내 감각들 중 시각이 제일 먼저 어쩔 줄 몰라 한다. 거침없는 지평선을 마주한 적이 없는 나는 먼저 거리를 가늠할 줄 모른다. 멀고 먼 곳을 향하던 시야를 거두어들이면 바로 눈앞에서 스스로 일어나지도 못할 만큼 배가 고픈 양들이 피눈물을 흘리며 쓰러진다. 너무 굶주리거나, 너무 목이 마르면 눈에서 피가 나나 보다. 나오지 않는 젖을 겨우 짜내서 그 양에게 다시 먹이는 목동의 심정은 어떠할까. 마른풀 한 포기, 물 한 모금 없고, 짐승 털들만 날린다. 그러다가 기진맥진한 짐승들이 분연히 다시 일어나

마른땅 속 풀뿌리를 물어뜯는 소리가 북 북 북 북 들린다. 나는 천막 속에 누워 가운데 뚫린 구멍으로 밤하늘을 쳐다본다. 비가 와야 할 텐데, 하고 간절히 생각해본다. 샤먼처럼 기우제를 드리고 싶다. 간절하게 기우제를 드리고 싶다. 비를 바라는 몸짓, 춤, 노래 같은 의례를 배우고 싶다. 의례가 아니더라도 소리 내어 이들의 신에게 빈다. 비를! 비를! 그러다 잠이 든다.

무슨 소린가 들린다. 똑 똑 똑 똑 내 이불을 두드리는 소리. 나는 잠결에 일어난다. 갑자기 공포가 밀려온다. 검고 큰 짐승이 지붕에 올라간 것 같다. 그 짐승이 천막의 가죽을 마구 두드리는 것 같다. 내가 죽었나? 굶주린 독수리들이 잠도 안 자고 몰려든 건가? 나는 무릎을 싸안고 천막의 구석, 낮에 보면 빨간색인 장롱 앞에 웅크려 있다. 그러다 갑자기 깨닫는다. 비다. 빗방울들이 동그랗게 뚫린 천장에서 내려와 내 털 이불 위에 듣는 소리다. 이미 털 이불은 다 젖었다. 나는 젖어서 돌처럼 무겁고 냄새나는 털 이불을 치우고, 밖으로 나가본다. 사방 천지에 비다. 깜깜한 속에 비가 온다. 아무것도 보이지 않는데 마른땅에 비 듣는 냄새가 훅 끼친다. 비가 마른땅을 두드린다. 계속 두드린다. 초원 위의 모든 생물이 잠에서 깨어 빗소리를 경건하게 듣고 있는 것 같다. 나는 비를 맞는다. 밤새도록 맞는다. 거대한 짐승이 엎드리고 있는 것 같은 밤의 초원이 조용히, 검은 은총처럼 내리는 비를 맞는다. 그러다 천막으로 들어와 설핏 잠이 든다. 해가 중천에 뜨도록 잔다. 문을 열고 밖으로 나오니 비가 그친 초원의 대낮, 보라색 바다가 넘실댄다. 하룻밤 안에 모든 풀이 다 올라와 패랭이꽃을 매단 것이다. 아마 한 시간에 3센티미터 이상씩 자란 모양이다. 패랭이 꽃밭이 넘실댄다. 세상에서 가장 짧은 시간 안에 해치운 개화開花다. 벌거벗은 바다에 보라색 밀물이 들어온다. 가도 가도 보라색 파도다. 이 순간 나는 바다 위를 걷는 사람이다. 멀리 오보를 향해 말을 달리는 기쁨에 찬 저 처녀는 분명 선녀다. 빛이다. 짐승에게 제일 영양가가 많은 게 꽃잎이라 한다. 꽃 이파리는 굶주리고 목마른 짐승에게 미음과 같다. 보라색 꽃으로 쑨 미음이 벌판 가득 넘실댄다. 짐승들이 미음 속에 발을 담그고 꿀꺽꿀꺽 미음을 마신다. 말 떼가 지나간다. 소 떼가 지나간다. 양 떼가 지나간다. 어제의 건조 지옥이 오늘의 보라 천당이다. 비가 내린 다음 날 양을 잡는다. 양이 모포 위에 올려진다. 뒤집어 눕힌 양의 가슴을 가르고 심장 위의 동맥을 끊는다. 용케 이 양은 가뭄을 건너왔다. 양은 아무 소리도 내지 않는다. 한 번도 울지 않는다. 양의 껍질이 조용히 벗겨진다. 피 한 방울 흐르지 않는다. 피를 땅에 묻히는 것은 땅의 신에 대한 모독이다. 가죽을 다 벗긴 양의 몸을 가른다. 끊어진 동맥에서 흘러나와 배 속 허방에 고인 피를 국자로 떠낸다. 너무 조용하고 확고하다. 조금 후에 설익은 양고기 한 접시가 식탁에 올라온다. 마시면 내 내장의 길을 따라 불이 확 붙어버리는 말의 젖으로 만든 술을 곁들여도 가뭄 지옥을 견딘 양을 먹기는 힘들다. 냄새가 너무 독하다. 발정난 여우처럼 동그란 외침을 허공에 부려놓는 권주가를 따라 천지에 죽은 양의 비린내와 단내가 퍼진다. 갈증으로 죽어가던 짐승의 목구멍에서 올라오던 바로 그 냄새다!

붉은 경보

결혼 행진곡은 모두 경보처럼 들린다. '모든 날개 가진 것들을 살처분하라.' 붉은 결혼 예복을 입은 소수민족 신부가 붉은 베일 속에서 운다.

붉은 팥

흰 구름이 몰려오는가 했더니 하늘에서 붉은 팥이 쏟아지기 시작한다 팥. 팥. 팥
(바닥엔 튀는 팥, 엄마가 한 다라이 붉은 팥을 퍼 담는다)

빙산이 녹는가 했더니 그 아래 강바닥엔 붉은 팥 한 가마니 쏟아져 있다
(빙산의 회색, 강 밑바닥의 붉은색, 물 위를 유영하는 흰곰의 백색)

내 입술과 네 입술이 팥. 팥. 팥. 붙었다 떨어진다
(내 바짓가랑이 아래로 흘러내리는 붉은 물)

해가 뜨자 환하게 밝아오는 창문 틈에 달라붙은 붉은

팥 몇 개

(방바닥에 떨어진 붉은 피 몇 방울)

부처님 몸속에서 솟아오르는 뭉게구름

(부처님 눈가에 매달린 붉은 팥 한 개)

백 년 만에 사막에 비 올 때 탁 탁 탁 튀는 아프고 딱

딱한 붉은 팥 몇 개

붉은 자두

속이 붉은 자두를 깨무는 순간, 으깨지며 터지는 과육과 즙! 붉은 황혼 머리를 속에 담그고, 바람 선득선득한 곳에 홀로 서 있던 아가씨가 스윽 지나간 듯. 혀가 입속에서 황홀하게 뒤친다. 늦은 여름의 햇빛이 이토록 향기 나게 쫀득거리는 것을 만들어내다니. 향기라는 말은 적당하지 않다. 향기의 발음기호 속엔 이 질감이 없다. 표현할 수 없으므로 말은 필요 없다. 자두와 만난 오감이 몸을 훑고 최전방에 배치된 이 순간, 바로 예술 작품이라는 것, 그것들이 펼친 순간의 황홀을 생각한다. 그와 함께 가짜 욕망들의 끈질긴 꼬리들, 잘라내도 잘라내도 다시 나타나는 그 욕망의 꼬리들이 순간적으로 사라지는 이 느낌. 한순간 자두의 맛이 점령하는 황홀, 그것의 살점, 살결의 세계. 그것은 내가 세상에 사는 동안 흘려보냈던, 간발의 차이로 놓쳐버린 것. 말하려 했으나 이미 돌아서버린 눈동자. 그래서 영원히 놓쳐버린 것. 하지 못했던 한마디. 이제야 내밀고 떠는 팔, 어느 날 나에게 닥쳐왔지만 어쩔 줄 몰라 하다가 순간적으로 심연 속에서 놓쳐버린 그것. 그 실패를 보상하려고 달려온 맛, 이 질감. 멀리서 온 내가 깨물어 없앨 줄도 모르고, 이 오지의 산중에서 겨울의 고독과 여름의 태양을 모두 견디다가 소수민족 소녀의 손에 움켜쥐어져서 바구니에 담긴 것. 이방인인 나의 이빨에 깨물어지는 순간, 터지는 황홀. 자두나무 아래 매여 있던 염소의 눈알을 닮은 황금빛 보석. 운전기사가 요의를 느끼지 않았으면 나와는 영원히 만나지 못했을 이 한 알. 입속에서 열리는 괄호. 사계절 속에서 빠져나온 한 개의 온음표. 대나무 소쿠리의 자두, 깨물면 속살이 붉은 이 열매, 입속에서 터지는 완벽, 정수. 열몇 시간 자동차를 타고 비포장도로를 달리다가 산중에서 소수민족 의상을 걸친 소녀에게서 갓 따 온 자두 한 바구니를 사 드는 이 시간.

흰 식탁, 붉은 식탁

1

집례자: 내가 여러분에게 전해 준 것은 주님께로부터 받은 것입니다. 곧 주 예수께서 잡히시던 밤에 떡을 드시어서 감사 기도를 드리신 다음에 떼시고 말씀하셨습니다. '이것은 너희를 위하는 내 몸이다. 이것을 행하여 나를 기억하여라.' 식후에 잔도 이와 같이 하시고서 말씀하셨습니다. '이 잔은 내 피로 세운 언약이다. 너희가 마실 때마다 이것을 행하여 나를 기억하여라.' 그러므로 여러분이 이 떡을 먹고 이 잔을 마실 때마다, 주님의 죽으심을 그가 오실 때마다 선포하는 것입니다. 이제 한목소리로 우리의 신앙을 선언합니다.

다 함께: 그리스도께서는 죽으셨습니다.

그리스도께서는 부활하셨습니다.

그리스도께서는 다시 오십니다.

집례자: (떡을 들고) 이 떡은 우리를 위해 주신 주님의 몸입니다.

(잔을 들고) 이 잔은 우리를 위해 흘리신 주님의 피입니다.

2

수행자: 죽음 위에 나를 세우려고
헤아릴 수 없이 많은
살아 있는 것들을 먹고 입었나이다.
지금, 이 몸을 바쳐 그 빚을 갚겠나이다.
굶주린 사람은 내 살을 드소서.
목마른 사람은 내 피를 드소서.
추운 사람은 내 뼈를 태우소서.

불행한 사람은 내 행복을 취하소서.

죽음을 앞둔 사람은 내 생명을 취하소서.

(먼저 자신의 몸과 마음속에 들어찬 온갖 욕망들을 불러낸다. 그 욕망이 빚어낸 기형의 존재들을 불러낸다. 우주에 미만한 정체 모를 악령조차 다 불러낸다. 춤을 춘다. 종과 방망이 칼을 휘두른다. 오랫동안 전수되어온 의례에 맞춰 춤추고 노래하고 비명을 지른다. 죽은 자의 허벅지 뼈로 만든 피리를 불어 이 더럽고 추한 것들을 '붉은 식탁' 위로 불러들인다. 그다음 수행자는 '붉은 식탁'에 옆으로 눕는다. 그리고 자신의 의지를 상징하는 여신이 머리맡에 서 있는 것을 상상한다. 그녀가 잘 벼린 칼을 들고 있다고 상상한다. 그녀가 검을 휘둘러 나의 머리를 자른다. 팔다리도 자른다. 내장을 꺼낸다. 나를 지배한 나의 유령에게 내 모든 것을 먹인다.)

낙타하다

해가 땅을 굽는다. 구워진 땅이 터진다. 모래가 쏟아진다. 사막의 바람이 거대한 사포처럼 바위산을 깎는다. 바위산의 부르트고 딱딱한 살점들이 부서져 내린다. 굳은 상처의 딱지처럼. 천 각 만 각으로 갈라진 바위들이 산에서 떨어져 나간다. 다시 바람이 분다. 바람이 모래를 몰고 다니며 남아 있는 바위들마저 깎는다. 바위는 아래쪽부터 서서히 깎이더니 모가지가 가느다란 우산처럼 서 있다. 어느 순간 우산 모가지가 푹 꺾인다. 모래들이 그 우산마저 흩어버린다. 모래는 모래를 불러온다. 모래는 모든 것을 모래로 만들고야 직성이 풀린다. 살아 있는 것이든, 죽은 것이든, 사람이 만든 것이든, 원래 그곳에 있던 것이든 간에. 사막이 넓어진다. 날마다 넓어진다. 사막이 코르셋처럼 뼈마디가 앙상한 강의 허벅지를 조인다.

강이 사라진다. 강이 사라지면 사람들이 사라진다. 마을이 사라진다. 나라가 사라진다. 사라진 강바닥의 모래는 밀가루처럼 부드럽다.

나는 내 열병을 문병 가기로 한다. 땡볕에 구린내 지린내 칠갑한 낙타를 보러 가기로 한다. 날마다 잠자고 일어나 문밖을 나설 때마다 내 이생의 시간을 짊어지고 사막을 걸어가는 낙타 한 마리를 떠올렸다. 어찌나 많이 떠올렸던지 이제 내 낙타는 늙고 나도 늙었다. 날마다 무거워지는 내 전 생애의 시간을 짊어지고 사막을 홀로 걸어가느라 이제 고통과 짐에 절어버린 내 낙타. 나는 아무래도 낙타를 보고 와야겠다, 그렇게 생각했다.

내 앞의 누구도 디디지 않은 일용할 고통이 반원형으로 넓게 펴져 있다. 내가 디디자마자 고통이 내 발자국을 지운다. 고통이 단번에 나를 받아들인다. 고통과 나는 한 몸이 된다. 여기에 들어오는 자 누구나 공평하게 '첫 경험'이다.

바람이 지나갈 때마다 지형이 바뀐다. 어제 읽은 이 모래의 책의 내용은 잊은 지 오래다. 오늘은 오늘 나름의 일용할 고통이 있다. 넘어야 할 모래 산맥이 가없다. 모래 벌판이 가없다. 아래쪽이 고요할 때도 위는 언제나 흩날린다. 조용히 미끄러져 내린다. 물집이 부푼다.

굳어버린 바다다. 바람이 아주 조용할 땐 바다의 파도가 아이들의 놀이에서처럼 '그대로 멈춰라' 하고 정지해 있는 것 같다. 그러다 바람이 오면 다시 파도친다. 모래 하나하나가 다 소리친다. 밤이 오면 수억만 개의 얼음 수정 방울들이 발아래 춤을 춘다. 하늘엔 거대한 보석 천막이 드리워진다. 둥근 천장이다. 손으로 그 보석을 따 한 바구니 담을 수 있을 것 같다. 그러나 저 빛나는 것을 따 담으면 까만 숯 한 바구니이리라. 태양이 떠오르는 시각이면 모래는 모두 붉은 루비처럼 반짝인다. 천억 톤의 루비 위에 서 있는 기분, 나는 아마 지옥을 방문했나 보다. 붉은 모래들 하나하나가 나에게 가지 마 가지 마 말을 건다. 어디에도 내 젖은 뿌리를 의탁할 곳은 없다. 하루 만에 모든 짐을 싸서 떠나야 한다. 변치 않는 건 태양뿐이다. 살인마인 저 태양은 가장 높이 떠 있을 때 가장 무섭다. 저 태양이 나무를 기른다는 건 거짓말이다. 저 태양은 이곳에서 나무란 나무는 모두 죽인다. 그다음 나무를 미라로 만든다. 나무의 주검 중 가장 처참한 주검이 서 있다. 위에서 아래로 채를 치듯 낱낱이 찢긴 죽은 나무들의 군락지는 세상에서 가장 처참한 사형 집행지다.

무당이 신내림을 받기 전 건너가야 하는 공간, 저세상 사람들과 조우하는 공간이 있다면 그곳이 이런 곳이리라 생각한다. 무당은 적막 속에서 미친 듯 부르는 소리를 들었을 것이다. 그 소리를 붙잡으려 했을 것이다. 무당은 그 환영의 이름을 불러보았을 것이다. 소리 높여 울면서 불러보았을 것이다. 그리고 그 환영의 이름을 몸신이라고 불렀을 것이다. 내가 아는 제대로 된 무당은 누구보다 자신의 결핍을 모신 사람들이었다. 억울한 유령의 손처럼 높고 검은 구름이 저 먼 하늘가를 지나가지만 물론 비는 오지 않는다.

갈증이 사라지지 않는다. 하루 종일 소변을 보지 않는다. 그러나 물을 한번에 다 마실 수는 없다. 물은 사막의 온도와 같다. 내 체온과 같다. 내가 내쉬고 들이쉬는 숨의 뜨거움과 똑같다. 시원하려고 마시는 것이 아니라 무서워서 마신다. 내가 물을 마시는 소리, 짐승의 소리다. 매 시간 그 계곡, 매 시간 그 산, 매 시간 그 모래. 돌아보면 아무도 없는 곳, 무슨 소리가 들리는가 하여 돌아보면 아무도 없는 곳. 죽음 이후의 침묵이 이러하리라. 이렇듯 뜨거우리라. 무無는 아무것도 없는 것이 아니라 이렇게 뜨거운 것. 둘러보면 아무도 없는 것. 뱉어지지 않는 숨을 물고 끝까지 가는 것이리라. 만약 끝이 있다면. 그러나 끝이 너무 길다. 끝의 최면은 너무 뜨겁다.

알려진 것과는 다르게 낙타도 물 없이 살 수 없다. 우리보다 갈증을 조금 더 잘 견딜 뿐이다. 낙타의 물 먹는 소리는 강물 소리보다 크다. 한 번에 한 세숫대야 이상을 먹는다. 쌍봉낙타가 양쪽으로 지고 가는 짐의 반 이상이 제가 먹을 물이다.

같은 사람과 계속 헤어진다. 환한 얼굴, 별빛을 받아 상아처럼 흰 얼굴. 그러다 그 사람과 얼굴을 딱 대면하는 순간이 있다. 그는 내 해골이다. 멀리서 희게 빛나는 것이 있어 걸음을 재촉해 다가가 보면 그것은 낙타의 해골이다. 가지런히 뼈를 내놓은 채 낙타는 희디희게 풍화 중이다. 옆으로 길게 드러누운 자세 그대로. 눈은 휑하니 뚫려 있다. 내가 그것을 꿈에 다시 보나 보다. 그의 눈구멍 깊이 별들 가득한 둥근 천장이 열려 있다. 나는 잠 속에서 열이 난다. 사막 한가운데서 아기 울음소리가 들린다. 나는 또다시 같은 사람과 작별한다. 작별을 위해 그를 끌어안으면, 다시 희디흰 내 해골.

아무래도 제자리를 맴도는 것 같다. 한 시간을 걸어서 다시 같은 장소로 돌아왔다. 아무것도 가까워지지 않는다. 달구어진 거대한 프라이팬의 가장자리를 한 바퀴 돌았다. 멀리 보이는 바위산들이 모두 붉다. 산 채로 요리되는 것의 고통이 이럴까. 나는 지금껏 내 목숨을 유지하겠다고 산 것들을 너무 많이 먹었다. 그 죄를 지금 갚아야 하나 보다. 평면이다. 주체도 없고, 형식도 없다. 모래 입자들의 운동과 정지가 있을 뿐. 지층도 없고, 칸막이도 없다. 성층 작용도 없다. 다만 무한한 운동과 무한한 정지, 다시 무한한 운동. 빠름이 있고, 느림이 있다. 그리고 열띤 분자들이 있다.

지금 제일 싫은 것, 그것은 물이 들어 있는 내 등짐. 물 냄새가 비리다. 이런 맛을 어디서 봤더라. 아마도 그건 피 냄새다. 미미하게 철분이 섞인 피냄새. 등에 붙은 물이 출렁댄다. 죽은 짐승을 업은 것처럼 무겁다. 이 죽은 짐승이 죽은 물고기 냄새를 풍긴다. 점점 더 무겁다. 모래 언덕을 넘으면 더 높은 모래 언덕이 다가온다. 오르면 오를수록 높다.

맨 앞에서 걸어가는 낙타의 목엔 방울이 달려 있다. 붉은 넥타이도 매고 있다. 절렁절렁 울리는 방울 소리. 저 방울 소리는 마치 상두꾼의 방울 소리 같다. 나는 그 소리를 듣다 말고 봄이 오고 있을 우리나라를 생각한다. 나의 살던 고향은 꽃 피는 산골, 복숭아꽃 살구꽃 아기 진달래, 방울 소리에 맞춰 노래를 웅얼거리니 마치 내 노래가 꽃 대궐 저승 가는 노래처럼 들린다. 이제 아무래도 집으로 가야겠다. 그만해야겠다. 이제 돌아가면 적막이니, 소멸이니, 낭만적으로 말하지 않겠다. 그것들의 뜨거움은 너무나 잔인하다. 나는 조금 전보다 더한 지옥으로 매 순간순간 깊어진다.

몸의 구멍이란 구멍에 다 모래가 들어찬다. 카메라의 눈동자가 다 긁혔다. 내 눈가와 귓바퀴에 모래가 가득하다. 바짓단에도 모래가 가득하다. 소매의 접힌 부분에도 속옷에도 모래가 가득하다. 모래가 내 바짓가랑이를 잡고 놓지 않는다. 소매를 잡고 놓지 않는다. 모래 회오리가 치솟아 오르면 머리카락 올올이 모래 알갱이가 달라붙는다. 이제 내 머리카락은 붉은색으로 푸석거린다. 모래가 내 몸의 구멍이란 구멍을 다 막고 바지를 잡고 늘어진다. 멈출 때마다 신발의 모래를 턴다. 모래 옷 한 벌, 모래 한 짐, 모래 한 사람.

바다의 맨 아래쪽으로 걸어 들어가는 듯 공기가 무겁다. 아무도 웃지 않는다. 말을 하는 사람의 붉은 혀가 흰색으로 변해 있다. 아무도 말하지 않는다. 말을 하면 혀가 입천장에 붙는다. 밤에 불을 켜고 보면 모두 눈동자가 붉다. 초점 잃은 눈동자가 찌그러진다. 아무도 이만한 고통을 견뎌본 적이 없는 듯하다. 그러나 돌아가자고 말할 수도 없다. 돌아가려면 이만큼 다시 걸어야 한다. 앞서 걸어가는 사람의 다리만 보고 걷는다. 이제 물을 마시면 모래를 마시는 것 같다.

붉은 돌산이 불쑥 솟아 있다. 이 산을 오른 사람은 아무도 없다 한다. 산의 바위 온도가 80도다. 이 산에 끌려가는 산맥의 꼬리는 붉은 모래 속에 가라앉아 있다. 그곳에서 붉은 모래 안개가 퍼져 오른다. 너무도 큰 안개다. 안개로 된 벽이다. 그 안개 속에서 붉은 회오리가 솟아오른다. 돌풍이다. 마을을 없애고, 강을 없애고, 나라를 없앤 돌풍이다. 돌풍 속에는 수억만 개의 바늘이 들어 있다. 붉은 바늘 안개가 진군한다. 바늘들이 사정없이 얼굴을 때린다. 몸을 때린다. 몸을 가눌 수가 없어 낙타 옆에서 운다. 울어도 내 날숨 들숨을 그것이 빼앗아 가버린다. 눈물이고 뭐고 없다. 그냥 헐떡인다. 나중에 보니 온몸에 상처다. 누군가 바늘로 온몸을 찌른 듯 붉은 돌기들이 곰보 자국처럼 돋아 있다. 어떤 돌기에선 피도 흐른다.

노래가 들린다. 사막의 세이렌이 거기 서, 서, 서 노래한다. 그러나 멈추면 죽는다. 늘 출발해야만 한다. 적멸 속에선 늘 출발해야 한다. 적막 속에선 늘 출발해야만 한다. 소멸 속에선 늘 출발해야 한다. 그렇지 않으면 사막의 영에게 먹힌다. 방치된 상태를 출발함으로 겪어내야만 한다. 그렇지 않으면 미칠 것이다. 나는 미치기 시작한다라는 말을 몸으로 이해한다. 슬픔이 분노로 바뀐다. 그리움이 분노로 바뀐다. 사람을 받아들이지 않는 풍경이 있다. 그 속에 들어가는 것은 마치 끓는 냄비 속에 들어가는 것처럼 지독히 아픈데 아직 느끼지 못하는 것이다. 몸이 스스로 가동한 감정에 데는 것이다.

나밖에 없다. 나는 컴퍼스의 중심이다. 하루 종일 내 그림자가 동그라미를 그린다. 아무리 걸어도 동그라미 밖으로 나갈 수는 없다. 태양이 서치라이트처럼 내 동그란 원을 비춘다. 시끄럽다. 저 태양이 도는 소리가 들린다. 태양도 제 그림자를 끌고 동그라미를 그리는 것이리라. 나는 이 동그라미를 벗어날 수가 없다. 나는 언제나 중심이다. 저 태양이 그렇듯.

그러다 불쑥 걸레 커튼을 매단 상점이 나타난다. 정말 상점이다. 물도 팔고 술도 팔고 과자도 판다. 모자도 판다. 그리고 무슨 용도인지 모를 것들을 판다.

붉은 가위

여자의 두 다리는 가위 같다. 달마다 무엇을 자르는지 두 다리 사이에서 붉은 물이 흘러내린다. 가끔은 뭉클한 허벅지로 만든 두 가윗날이 조그만 아기의 붉은 몸뚱이를 잘라내기도 한다. 이브가 따 먹은 붉은 열매가 그 속에 들어 있다가 한 달에 한 번 우는가 보다. 창조주는 얼마나 무서웠을까. 여자가 두 다리 사이에서 붉은 열매를 잘라낼 수 있게 되었을 때, 제 몸에서 또 다른 몸을 잘라낼 수 있는 가위를 갖게 되었을 때. 사막의 여자가 모래바람 속에서 금방 낳은 아기를 안고 젖을 물린다.

여자는 말이다, 아저씨는 말했다.

절대로 죽지 않는 요물이란다.

열병

사막에서 나와 병원에 간다. 병원 근무자들과 나는 소통할 수 있는 언어가 없다. 나는 종이에 내가 사막에 갔었다고 아我 재在 사막沙漠이라고 쓴다. 곧 이어서 감기感氣라고 쓴다. 미심쩍어 상한傷寒이라고도 쓴다. 다음 기침[咳], 발열發熱, 극심極甚이라고도 쓴다. 얼굴이 새까맣게 탄 어린 의사가 내가 쓴 걸 보고 웃는다. 고개를 끄덕인다. 그러나 나는 웃을 힘도 없다. 너무 열이 높다. 열이 높아서 환각 증세가 나타난다. 내가 서 있는 방이 사막처럼 넓어진다. 아무리 걸어도 일평생 걸어도 방을 나설 수는 없을 것 같다. 사막을 벗어났는데도 사막이다. 나는 지금 걷고 있나? 움직이고 있나? 팔을 든 건가? 나는 사막에서처럼 어딘가를 벗어나려고 걷는다. 그 어딘가는 내가 있는 곳, 모든 여기다. 나는 내가 머무르는 곳이 그 어디든 그곳을 벗어나고 싶다. 모두 벗어나고 싶다. 내가 머무르고 있는 곳 모두가 견딜 수 없다. 이곳이 아니다라고 누군가 나에게 자꾸만 말한다. 나의 일부가 아직 사막에 있나 보다. 몸은 왔는데 그것이 오지 않았나 보다. 내 영혼이 나의 몸에게 네가 있을 곳은 거기가 아니라고 말하나 보다. 영혼 없는 몸이 외로움을 탄다. 외로움이 물질이라는 생각을 해본다. 그것이 무겁다. 외로움이 다리에도 있다. 머리에도 있다. 가슴에도 있다. 몸에서 뛰쳐나오려는, 그러나 꽉 막힌 그것을 꺼내려 기침을 하는 것 같다. 기침을 하면 할수록 가슴이 막힌다. 그러나 기침을 멈출 수는 없다. 여의사가 약을 처방해준다. 나는 또 그녀에게 기침에 줄을 그은 다음 까만 물약이 필요하다[要 黑水 藥]라고 쓴다. 몇 해 전 이 부근 약국에서 까만 물약을 사 먹고 감기에 효험을 본 기억이 떠올랐기 때문이다. 그녀는 고개를 끄덕이더니 물약을 플라스틱 병에 따라 온다. 병원은 이발소나 공중목욕탕처럼 천장이 높고 휑뎅그렁하다. 낙타처럼 선량하고 큰 눈을 가진 남녀노소가 벤치에 앉아 있다. 이들은 어디가 아픈 걸까. 무슨 병이라는 진단을 받았을까. 어디선가, 내 몸 어디선가인지도 모르겠다. 아기 우는 소리가 들린다. 아기가 전신에 붕대를 감고 누워 있다. 아기 엄마가 아기를 부른다. 윤이야, 윤이야 부른다. 사막보다 더한 곳이다. 여기가 더 하다. 몽유병자처럼 그곳을 빠져나온다. 그러나 열병은 끝내 떨어지지 않는다. 집에 돌아와서도 한참 계속된다.

붉은 책

이것은 해가 지지 않는 책.
내가 서쪽으로 서쪽으로 이 책을 읽어가면 영원히 황혼이 계속되는 책.
이 책은 사막의 영혼, 모래의 날개.

당신이란 책을 읽으면 읽을수록 나는 미칠 지경이다.
당신이란 붉은 책은 한번 펼쳐지면 다시 닫을 수가 없다.
아마 지옥이 그럴 거다, 지옥이란 다시 돌이킬 수가 없는 곳.
당신을 접으려 하면 당신은 읽어라 읽어라 읽어라 펼쳐질 줄밖에 모른다.
당신은 한번 빠지면 실종되려야 실종될 수가 없는 열

탕 지옥이다.

이 사막에선 이 세상 사람 모두가 혹은 모래 알갱이 전부가 나만 쳐다보고 있는 것 같다. 그들의 시선이 느껴진다.

태양이 떠오르면 이 책은 산처럼 부풀어 오른다.
붉은 책장을 넘겨주는 뜨거운 바람이 닥쳐오면
나는 이제 당신이란 이름의 이 책을 언제부터 읽기 시작했는지 잊어버린다.
나는 오늘 뜨거운 모래 산 한 페이지를 넘었다.
모래 속에 허벅지가 푹푹 빠지는 것.
내 목구멍에서 쏟아져 나오는 가쁜 숨.
이런 것들에 대해서는 이제 말하기도 지쳤다.
이제는 끝내야지, 다시 한 페이지 넘어가본다.

모래들이 고양이처럼 운다, 토하면서도 운다.
바람 속에서 당신에게 빠져 죽은 나의
안경알이 희번득 날아간다.

단추들이 떼구르르 굴러간다.

내일이면 부서져버릴 두 사람이

붉은 모래 산 두 개처럼 마주 보고 서 있다.

우리는 너무 가깝거나 너무 멀었다.

벌써 입안에 뜨거운 모래가 가득하다.

3단

고대 도시의 집들의 지붕은 3단이다. 빗방울이 바닥으로 떨어지려면 세 번 기와의 파도를 넘어야 한다. 샘물도 3단이다. 첫번째 샘은 식수로 쓰고, 두번째 샘은 과일과 야채를 씻고, 세번째 샘은 빨래를 한다. 나는 고급 레스토랑의 요리사들이 높은 모자를 쓰고 쭈그리고 앉아 두번째 샘에서 고수와 파, 배추를 다듬는 걸 본다. 수로는 한 달에 두 번, 새벽에 청소한다. 수로를 막아 물이 광장과 골목의 돌바닥으로 넘치게 하여 청소를 한 다음 다시 새 물이 흘러 다니게 한다. 물이 어딘가에서 치솟더니 돌바닥을 적시며 도시 전체를 잠기게 하는 것을 바라본다. 신기한 광경이다. 비도 안 오는데 광장이 대번에 잠긴다. 대청소다!

붉은 등 디제잉

천 년 전에 세워진 도시를 높은 산신당에 올라가 내려다본다. 기와를 얹은 지붕들이 저 멀리서 잔잔하게 혹은 거칠게 파도쳐 오다가 솟아오르고 있다. 멀리 뻗어 나갔다가 다시 밀려오는 지붕들의 파도. 그 위를 떠가는 층층대 구름. 방책을 두르거나 성을 쌓지 않아 오히려 적들의 침투에 부서지지 않았다는 도시, 어떤 외국이 몰려와도 받아들이기만 했다는 이 도시는 그래서 살아남았다. 그리하여 지금도 전 세계에서 몰려오는 사람들을 받아들이느라 분주하다. 밤이면 붉은 등이 도시 전체에 걸린다. 산에서 내려다보면 마치 거대한 무도회장처럼 보인다. 혹은 바다에 띄운 수천 개 붉은 등의 향연 같다. 붉은 등이 노란 점액질 그림자를 매달고 파도에 넘실댄다. 파도 속으로 걸어 들어가 인파에 섞이면 수로로 물 흐르는 소리 낭랑하고 온갖 부족의 옷을 차려입은 아가씨들의 낯선 발음들이 명랑하다. 한쪽에선 천 년 전의 음악을 들려주는 공연장이 있고, 한쪽에선 천 년 전의 문자로 점을 쳐주겠다고 옷깃을 끄는 박수무당들이 있다. 도시 근방에 살던 사람들의 온갖 풍속이 몰려와 상품이 되어 진열되어 있고, 나처럼 먼 곳에서 몰려온 사람들은 느닷없이 천 년 전의 세상에 내동댕이쳐진 것처럼 어찌할 바를 모른다. 나는 그렇게 사흘 낮밤을 흘러 다니다가 도랑가 버드나무 가지에 붉은 등을 주렁주렁 매단 주점으로 들어간다. 그 옛날 누군가의 저택이었던 2층 기와집의 벽을 다 트고 개조하여 술 마시고 춤추는 집으로 만들어놓았다. 천 년 전부터 흘러온 음악에 테크노 리듬을 믹싱한 소리에 몸을 던지려면 양쪽 귀를 잘 사용해야 한다. 전 세계에서 몰려온 사람들이 그 안에서 펄쩍펄쩍 뛴다. 나도 덩달아 뛴다. 이다지도 긴 시간 차의 음악을 몸으로 섞으려면 춤추는 수밖에 없다. 더구나 이곳은 해발이 높은 곳이니 저 아래 세상과의 기압 차도 엄청나다. 한 시간 뛰고 났더니 산소 부족으로 온몸이 부들부들 떨리지만 기분은 상쾌하다.

붉은 등 댄스홀.

붉은 내장

눈 쌓인 북쪽 초원 한가운데서 목동이 양을 잡고 있다. 모두 희고, 그의 옷만 거무튀튀하다. 그의 손놀림 아래서 양은 단 한 번에 멱이 따진다. 그는 작은 칼 하나로 털과 껍질을 한꺼번에 다 벗겨버린다. 바닥에는 피 한 방울 없고, 그릇에는 양의 피 가득하다. 희디흰 눈 벌판 한가운데 붉은 피 한 그릇. 그리고 껍질이 다 벗겨지고도 떨지도 않는 양 한 마리.

노을 속에서 떠오르는 신비한 공

노을 속에서 사람들이 공을 차고 있다. 둥그렇게 모여선 남녀노소들이 공을 차고 있다. 공을 하늘로 올리면 앞에 있는 사람이 그 공을 받아 다시 올려주고 그 앞 사람이 다시 올려준다. 공이 노을 속으로 불쑥 솟아올랐다가 잠시 후 다시 솟아오른다. 노을이 공을 따라 공중에 붉은색을 흩뿌렸다가 다시 누군가의 몸 위에 흩뿌려진다. 한 군데가 아니다. 여기저기서 마을 사람들이 공을 차고 있다. 공 차는 사람들 밖으로 수레 한 대가 도착한다. 마른풀이 가득 실린 수레다. 아줌마들이 거기서 내리며 공 차는 사람들에게 소리 높여 인사를 건넨다. 공을 빼앗으며 노는 것이 아니라 공을 주며 놀고 있다. 등나무를 물에 담근 다음, 나무줄기를 휘어 공을 만들기 때문에 공은 속이 훤히 들여다보인다. 이 공놀이 공에 흰 스프레이를 뿌려

밤에 공이 보이게 하기도 하고, 불을 넣어 환한 공을 차기도 한다. 여섯 명이 한 조가 되어 둥글게 서서 공놀이를 하는데, 어떻게 하면 예술적이고 아름답게 공을 찰까, 공을 떨어뜨리지 않을까가 관건이다. 마을 어디서나 이것을 연습한다. 더위가 한풀 꺾인 저녁, 치마를 입은 할아버지들이 둥글게 모여 서서 공을 차고 있다. 느리게 터지는 공의 커브. 예술이다. 선禪이다. 공[球] 선이다. 군데군데 속이 들여다보이는 공을 10년 동안 차면 사랑에 빠진 것 같은 환각 상태에 도달한다고 한다. 텅 빈 것에 흡수되는 것이다. 완전한 기쁨으로 충만해지는 순간에 이를 때가 있다 한다. 사방을 꽉 막은 고무공으로는 도저히 느낄 수 없는 경지라 한다. 공을 차다 보면 다른 차원으로 들어간다. 의식이 증발한다. 온몸이 절간의 종처럼 울리고, 몸속에서 음악이 나온다. 오래 연습한 사람의 동작은 마치 춤과 같다. 2백 가지 발차기 동작이 있다고 하는데, 뒤로 차고, 어깨에 올려 차고 머리로 찬다. 이를테면 거대한 구름다리 동작, 만다라 동작, 학 모양 동작이 있는 것 같다. 젊은 사람들의 발놀림은 힘차고, 늙은 사람들의 발놀림은

새처럼 고즈넉하다. 한 마을 사람들이 저녁밥을 먹고 나와 노을 속에서 공을 찬다. 공에 집중하다 보면 어느 순간 열반에 이른 것같이 느껴진다 한다. 동작은 아름다울수록 좋고, 정확해야 한다. 상대에게 공을 잘 주려고 노력하는 친론은 사랑의 기술이다. 손만 빼고 온몸으로 공을 튀길 수 있다. 자꾸만 연습하다 보면 나도 그 경지에 이를까. 손을 사용하지 않으려니 무척 힘들다. 그러나 중독성이 있는 것 같다. 이 공에서 몸을 떼고 싶지 않다.

청바지 입은 마에스트로

'검은 얼굴'족의 고성 안에는 음악당이 있다. 사라진 악기들을 고증하고, 복원하여 연주한다. 이들 민족의 음악 아카데미도 있어서, 사라진 음악을 발굴하기도 하고, 새로 발견된 악기들을 바탕으로 작곡하기도 한다. 80세가 넘는 할아버지들이 악기들을 들고 나와 저녁 8시부터 공연을 시작한다. 서양 여러 나라나 이 나라의 여러 지방에서 공연하고, 당서기를 만나고 한 것이 큰 자랑거리여서 입구 전면이나 벽에는 그들의 원정 공연 사진, 유명한 사람들과의 만남 사진이 걸려 있다. 당나라 때의 음악을 채록해서 들려주는 '팔괘' 같은 것은 아주 장중하고, 검은 얼굴족의 음악을 채록, 편곡해서 들려주는 봄맞이 노래, 여름맞이 노래, 사랑 노래, 양치기 노래, 다리 건너는 노래, 물가의 노래는 앙증맞거나 가없거나 우렁차거나, 풍경을 떠올리게 하면서 매우 흥겹다. 여든이 넘은 할아버지들의 연주라 하기에는 소년들의 연주 같다. 듣다 보면 저절로 이들의 천당, 그곳에 흐르는 개울물 속으로 풍덩 빠지게 한다. 혹은 대평원 속으로 휘익 날아가게 한다. 그러나 공연의 후반부 이 악단의 작곡가 겸 대표가 등장한다. 그는 20년간 민족운동으로 옥살이한 사람이다. 그는 청바지를 입고, 한 손을 주머니에 찔러 넣고 말을 시작하는데, 매우 다변이다. 청바지 밑으로는 내복이 흘러나와 있어 자꾸만 거기에 시선이 간다. 그는 정부를 비판하고, 자신의 음악적 노역을 뻐긴다. 그렇게 비판할 수 있는 것이 자신만의 특권인 양 젠체한다. 듣다가 생각하니 매일 저런 말을 반복할 터인데 대단한 노역이라는 생각이 든다. 그가 말을 하는 동안 할아버지들은 주무시고, 맨 뒷줄의 처녀, 총각 코러스들은 연애질에 바쁘다. 나는 그에게 한번 뒤를 돌아보라고 외치고 싶었지만 참는다. 그의 수다 때문에 앞의 음악의 감동이 다 지워진다.

땅속의 붉은 나라

30미터짜리 절벽 위에 폭 330미터, 길이 1천6백 미터짜리 땅을 상상해보자. 절벽 아래는 강이 휘돌아 요새를 감싸고 있다. 이 요새가 한 개의 나라다. 나라의 집들은 모두 아래로 지어져 있다. 땅 위로는 큰 절이 하나 높이 솟아 있을 뿐, 감옥도, 왕의 집무실도, 관청도, 주민들의 거주지도, 우물도 모두 아래로 지어져 있다. 골목도 아래로 나 있다. 달동네를 파묻은 것 같다. 사람들은 망루의 감시병을 믿고 아래에서 행복하게 살았다. 인구 7천 명짜리 나라. 엄연히 국가다. 지하로 정교하게 조각된 도시국가. 이 민족, 저 민족 구별 없이, 여러 사연을 가지고 몰려온 사람들이 모여 살았다. 머리 모양도, 옷도, 얼굴 모습도 모두 달랐지만, 방공호에 모인 사람들처럼 서로서로를 의지하고, 돌보았다. 강변에서 지은 포도는 달았고, 포도는 이곳에 오면 신선하게 보관되었다. 사막의 열기는 이 지하 거주 공간을 침범하지 못했다. 그러나 지금 이 천애의 요새는 발칵 뒤집어져 있다. 누군가, 속옷을 벗어 까뒤집어 던진 것처럼 그렇게 마구 헤쳐진 채 햇빛에 붉게 허물어져 있다. 이 붉은 지하 도시를 돌아다녀보려면 한없이 아래로 뻗기만 하는 골목길을 타고 내려가야 한다. 냉장고를 지나, 감옥을 지나, 우물터를 지나, 절을 지나, 심지어는 누군가 황급히 달아나며 묻은 것 같은 어린아이들의 공동묘지를 지나 자꾸만 내려가야 한다. 지금은 아무도 살지 않는 지하이며, 속으로 밑으로 솟은 높은 산인 자그마한 한 나라를.

꽃무늬 팬티

한 폭의 붉은 천으로 몸을 휘감은 승려들이 일렬로 걸어 간다. 해가 뜨기 전 맨발로 탁발하러 간다. 비 내리는 거리에서 사람들이 밥솥과 고기반찬, 꽃과 돈을 가지고 그들을 기다린다. 한 여자가 밥솥째 들고 나와 한 주걱씩 밥을 퍼서 승려들의 발우에 담아 준다. 맨 나중엔 솥을 달달 긁어 담아 준다. 어린 승려가 일행과 떨어진 채 무표정하게 기다리더니 누룽지를 담아 간다. 나는 그 일렬로 걸어가는 승려들을 어슬렁거리며 따라간다. 그들의 맨발 뒤를 우산을 받고 따라간다. 어쩐지 붉은 슬픔의 행렬 같다. 비 오는 거리에 핀 검붉은 꽃들. 처연히 비를 맞으며 밥솥을 들고 가는 울음 몇 덩어리 같다. 그들은 말없이 탁발하고, 말없이 나누어 먹고, 말없이 다시 나누어 준다. 고결함에 드리워진 슬픈 낯빛, 황금을 긁어낸 부처의 얼굴 같다. 청년 승려의 안경 속에서 안광이 작렬한다. 그는 왜 부처 앞에서도 분노를 버리지 못했나? 그는 왜 눈물을 머금고 입을 꽉 다물고 있나? 승려는 승려 이외 누구와도 말을 나눌 수 없다. 저절로 묵언 수행 중이다. '군대가 강해야 나라가 강하다'는 포스터가 곳곳에 붙어 있다. 나라 밖에선 9월 시위를 전후해 각국 주재 이 나라 대사관마다 여자 팬티를 보내자는 운동이 있었다. 여자의 팬티들이 속속 보내졌다. 군사정권 지도자가 여자 팬티를 만지면 권력이 약화된다는 점괘를 받은 적이 있어, 여자의 팬티가 혐오 대상 1호라고 보도된 적이 있었다. 그 후 대사관, 정부 부처엔 외국에서 온 여자 팬티 소포들이 답지했다. 이 나라 사람들은 원래 허리 아래 부분을 경멸한다. 누구든 고개를 숙이고 제 손으로 속옷을 빤다. 가정부가 있어도 그리한다. 세면대에서 속옷을 빨면 안 된다. 그곳은 허리 위를 씻는 곳이다. 속옷은 빨아서 사람의 눈에 뜨이지 않는 곳에 널어둔다. 이들은 머리와 머리카락은 신성하게 여기지만 하체는 천하고 불길하게 여긴다. 그래서 아이의 머리를 쓰다듬어서도 안 된다. 그런 행동은 가장 신령한 곳을 더러운 것으로 불경스럽게 한 것이 된다. 여성들이 입는 긴 치마는 특히 불결하게 여긴다.

붉은 찻물

커피 마시러 20층 스카이라운지로 올라간다. 사면의 유리창으로 열대의 도시 전체가 다 내려다보인다. 도시는 궁에서 쫓겨난 지 몇 달이 지난 유리걸식하는 공주의 자태처럼 피폐함 뒤에 우아함이 얼씬거리는 모습이다. 정글 사이에 방치된 식민지 건축물들은 가까이 가서 보면 더욱 그렇다. 도시 가운데는 시멘트, 외곽은 목재, 더 외곽은 대나무로 집을 짓고 산다. 호텔이건 커피숍이건 들어가려면 일단 소지품 검사를 받는다. 제복이 핸드백을 열어보는 동안 몸은 검색대를 통과해야 한다. 내 핸드백은 가는 곳마다 그들의 손을 탄다. 그들이 내 분첩까지 열어본다. 오늘은 중앙역에서 폭탄이 터지고, 73세 할머니가 부상하는 폭탄 테러가 발생했다. 군사정부는 폭발사고를 모두 반정부 무장 세력인 소수민족동맹의 범행으로 단정

한다. 중앙역 기차표 발매소 부근의 화장실에서도 폭탄이 터졌다. 군사정부는 부상한 할머니가 테러에 관여했다는 혐의를 포착하고 심문을 진행하고 있다. 할머니 테러리스트라니. 전 국민이 테러리스트인가 보다. 며칠 전 새벽에는 작은 기차역 화장실에서 폭탄이 터져 젊은 여자가 죽었다. 죽은 여자의 소지품 속에 폭약이 있었다. 축구장에 폭탄을 설치하려던 스물다섯 살짜리 청년이 폭사하고, 어린이 네 명이 부상했다고도 한다. 테러리스트와 군인, 둘 중의 하나로 이 나라 국민을 분류할 수 있나 보다. 커피숍은 냉방이 짱짱하다. 하루에 몇 번씩 정전이 되건만 이 건물은 그렇지 않은가 보다. 웨이터들이 지나친 냉방 때문에 두꺼운 제복을 입고 있다. 외국인들만 한가로이 앉아 커피를 마시고 영자 신문을 읽고 있는 이곳. 건물 아래엔 햇빛에 그을린, 얼굴이 붉은 사람들이 너무 오래 끌고 다녀 매연이 구름처럼 피어나는 일본 자동차들 사이로 치마처럼 생긴 하의를 걸치고 바삐 걸어 다니고 있다. 또 언제 어디서 폭탄이 터질지 모른다. 나는 이곳보다 밤의 거리 카페가 좋다. 시장이나 길가에 긴 의자를 놓고 차를 마시는 노천카페. 사람들이 붉고 진한 차를 마시며 떠들썩하게 떠들어대는 카페엔 외국인들이 없다. 물론 길거리 찻집에선 그 어느 누구도 가방을 검사하지 않는다. 거기엔 어느 나라에서도 보지 못한, 품위 있는 아저씨 아줌마 들이 있다. 나는 언젠가 내가 사는 성북구에서 외교관들이 주최하는 거리 음식 축제에 간 적이 있었다. 그 거리에선 외교관들과 각 나라 사람들이 음식을 만들어 파는 천막을 펼치고 있었는데, 이상하게도 나는 이 나라 사람들이 만든 음식들 이를테면 모힝가, 웅노카웃스웨, 짜우쪼, 산스윙머낀 같은 음식들이 너무 좋았고, 그것을 파는 사람들의 얼굴에서 번지는 품위와 담백한 평온이 너무 좋았다. 나는 거기서 저 사람들이 사는 나라, 세계사 시간에도 배운 적이 없는 나라에 가서 배회하겠다고 결정했고, 그 나라를 공부했다. 소비나 소유에 흔들려본 적이 없는 얼굴이랄까, 부처가 가슴에 들어온 사람들의 얼굴이랄까, 흔들리지 않는 중심이 있는 미소랄까. 그런 담담한 슬픔의 얼굴이 노천카페에는 흘러넘쳤다. 마치 이 세상을 구별 지어 살게 하는 장벽이 눈앞에서 무너지는 걸 이미 목격한 적이 있는 사람들이 있다면, 바로 이들의 얼굴을 하고 있었다고나 할까. 그들을 바라보고 있는 것만으로도 나에게 평온과 체념이 깃드는 것이 느껴졌다. 몇몇의 휴대폰을 든 감시조들을 제외하고는. 이 화려한 곳엔 오래 앉아 있을 수가 없다. 나와 같이 간, 이름이 목요일인 아저씨가 냉방을 견디지 못해 즉시 이목구비에서 감기 증세를 총동원해 소리와 액체를 내뿜기 시작했기 때문이다.

소녀의 붉은 뺨

비가 오면 층층이 3천 개의 거울이 넘쳤다.

벼가 익는 거울.

쌀이 쏟아지는 거울.

그 거울 꼭대기에 집 한 채 섬처럼 떠 있었다.

그 집에서 도시 총각에 홀린 손녀가 병이 났다.

할머니는 계란 두 개를 상에 올려놓고 염불을 외웠다.

아픈 손녀를 위해 노래를 불렀다.

너는 물고기가 아니란다.

너는 아빠 엄마의 딸이란다.

소녀가 3천 개의 거울 사이를 뛰어다니며 노래를 불렀다.

도시로 보내줘요, 날 놓아줘요.

거울님, 거울님, 날 놓아줘요.

밑에서 쳐다보면 소녀가 하늘에 빠진 것처럼 보였다.

소녀가 자라 드디어 시집가는 날.

할머니는 누구에게 시집가는지 말해주지 않았다.

머리에 옷을 덮은 그녀가 울었다. 소리 높여 울었다. 끌려가는 짐승처럼.

소녀는 남편의 남동생들과 다 결혼해야 한다고 했다.

결혼식 다음 날 남편은 돈 벌러 도시로 떠나고, 그녀는 겨울 지나 남편의 둘째 동생과 또다시 결혼해야 한단다.

어두운 방에서, 남편 형제들의 번들거리는 눈빛을 받으며 그녀가 그보다 더 번들거리는 버터차를 만들고 있었다.

해 질 녘 댄스

샹그릴라에 도착했다. 지명이 소설 속 이름 그대로 샹그릴라다. 중앙정부가 그리 지명을 바꿨다고 한다. 샹그릴라는 '마음 속의 해와 달' 혹은 '흰 달빛과 밝은 해'이다. 집들은 어떤 민족의 집보다 크고 웅장하다. 사람들의 외모도 크고 웅장하다. 이들을 소수민족이라 부르는 것은 어폐가 있는 것이 아닐까. 나는 이들의 조국에서는 볼 수 없었던, 이들 귀족의 집을 방문해본다. 1층에는 불단이 모셔진 예배실과 거대한 거실이 있고, 2층은 침실이다. 벽과 문의 창살은 빈틈없이 정교하게 조각되어 있고, 거실의 사면은 또 빈틈없이 불교 조각들로 채워져 있다. 놀라운 목조각들이다. 중정은 넓고, 2층 테라스도 넓다. 거리에는 1박 2일 코스로 마방 경험을 해보라는 여행 안내 포스터가 붙어 있다. 여기에서 선산 너머로 다니던 마바리꾼은 말 한 필에 60킬로그램의 짐을 싣고, 네 필의 말을 끌었다. 그런 마바리꾼이 여럿 모여 마방을 만든다. 큰 마방은 6, 70필의 말을 끌었다 한다. 소금, 약재, 모피, 염료, 차, 숯, 유채씨를 날랐다. 노새가 제일 앞장서서 방울 소리를 내면서 걸었다는데 그 방울 소리를 들으면 산짐승이 도망가고, 산적이 도망가고, 나쁜 기운이 도망갔다. 그들의 중간 기착지가 바로 여기다. 그들의 모습을 일컬어 '밥 먹는 꼴은 굶어 죽은 귀신 같고' '풀을 비단 이불 삼고, 돌덩이를 베개 삼네' 하는 노래도 있는데, 이상하게도 그 노래를 들으니 멀고 먼 험산 준령의 낭떠러지들과 설산이, 그들의 연약한 깃발들이 단번에 떠올랐다. 그중에서도 설산 너머에서 온 사람들은 절대로 이곳 마방에서 자거나 머무르지 않았다. 그들은 모닥불을 피우고, 호숫가에 야영을 하지, 돈을 내고 여인숙에 머무르지 않았다. 다만 말에게 먹일 건초만 사러 왔었다고 한다. 그러나 지금은 그 길에 도적도 출몰하지 않고, 자동차, 비행기가 다니니 마방이 필요 없다. 다만 여행 상품으로 상인, 탐험가, 승려가 다니던 길을 한번 체험해볼 뿐이다. 공포 체험처럼 아스라한 낭떠러지를 차를 타고 지나가볼 뿐이다. 고성의 옷 가게 주인은 자신이 파는 옷들이 마방의 고향인 그곳에서 온 것들인데 보름에 한 번 그곳에 옷을 사러 다녀온다고 자랑스레 말했다. 비행기를 타고서 말이다. 이 고성은 뭔지 모를 비애가 있다. 도심에서 약간 떨어진 곳에 이들 조국의 수도, 그 궁전과 사원을 모방해 만들었다는 절은 수리 중이지만 매우 고즈넉하다. 공사의 허드렛일은 모두 붉은 가사를 입은 수줍은 라마들이 담당하고 있다. 그러나 그 고요 속에 알지 못할 비애, 숨겨진 분노가 있다. 나는 이곳에서 해 질 녘마다 춤추러 중앙 광장에 나간다. 낮에는 광장에서 양고기 꼬치를 구워 팔고 기념품을 팔지만, 해가 지기 시작하면 가판대가 모두 치워진다. 중앙 광장이 빗자루로 깨끗이 쓸린다. 그러면 CD 가게에서 고원의 노래, 이들 민족의 고향의 노래들을 들려주기 시작한다. 할머니, 할아버지, 아저씨, 아주머니, 아기 들까지 둥글게 돌아간다. 민속 의상을 걸친 사람, 그렇지 않은 사람 모두가 노래에 맞춰 춤을 춘다. 멀리서 볼 땐 단순한 것 같지만 따라서 추다 보면 참으로 복잡다기한 동작들이다. 어느 것은 하기 쉽고, 어느 것은 어렵다. 밤 10시 정도까지 춤이 계속되는데 모든 주민이 노래에 맞는 모든 동작을 알고 있는 것이 신기하다. 아기들도 알고 있다. 고원 사람은 말할 줄 알면 노래할 줄 알고, 걸을 줄 알면 춤출 줄 안다고 하더니 과연 그렇다. 모두 춤꾼들이다. 텔레비전 볼 시간에 거의 모든 주민이 집 밖에 나와 춤을 추다니, 교통순경도 추고, 가게 주인도 추고, 옷감 짜던 여인도 춘다. 하루 종일 산과 강에서 만난 시골에서 올라온 전통 옷을 똑같이 차려입은 할머니들도 춘다. 젊은 사람들은 동작을 크게 하고, 할머니들은 동작을 작게 해도 멋있게 춘다. 밤늦도록 원이 돌아간다. 춤에 마취되었다. 춤을 추면서 생각한다. 이리도 유쾌한 민족인데, 어찌하여 저 설산 너머 그곳에선 오체투지에, 코라에, 그토록 고통스럽더란 말인가. 중앙에 완전히 편입되어 소수민족이 된 이들은 일견 즐거워 보이기까지 한다. 이들과 다른 소수민족을 구별하는 방법은 목소리에 있다고 한다. 세상에서 가장 높은 곳에 사는 이들의 목소리가 가장 멀리 간다고 한다. 과연 이들이 노래할 땐 성대 중에서 우리와 다른 부분을 사용하는 것 같다. 공기를 쨍하고 찢으면서 전속력으로 멀리 가는 소리. 그러나 의무적으로 밤마다 춤을 춰야 한다면 얼마나 하기 싫겠는가. 동작이 다 정해져 있다면 얼마나 국민 체조 같겠는가. 나같이 즐기러 오는 사람들 때문에 무대가 되어가는 마방들의 도시. 말이 오지 않고 외국인들이 오는 도시.

붉은 비단길

모래의 달력이 펼쳐지고 모래비가 내린다

모든 어제는 천국이었고, 모든 내일은 지옥이었다

기온 섭씨 45도 모래 온도 섭씨 70도

얼굴이 프라이팬처럼 달구어지는 사막을 걸어가다 말고

나는 어질어질 이상한 곳으로 간다

마치 이 사막은 나의 삶의 시간들을 수평으로 다 펼쳐 놓은 것 같다

만약 한 사람이 지금까지 살아낸 시간들을

서늘한 동굴 같은 데

아니면 망각의 깊은 우물 같은 데

차곡차곡 쌓지 않고

이리 펼쳐놓았다면 그곳이 바로 이곳이다

나는 오늘 산 채로 열탕 지옥을 간다

아무것도 없는 무無인데

지독히도 뜨거운 정염이다

나의 어제가 죽지 않고 나의 그저께도 죽지 않았다

모든 나날들이 사라지지 않고 이리

펼쳐진 비단 한 필처럼 잇대어 짜여 있다

나날이 붉은 비단 한 필 가득 수놓인 꽃송이 같다

나는 나의 처녀 적에서 할머니 적으로, 또 그 반대로

화덕 위의 밀가루 반죽처럼 엎드린 모래의 달력 속을

걸어간다

모래 산을 넘어가면 또 모래 산이 나온다

낙타 목에 걸린 방울이 상두꾼의 종처럼 울린다

쓰러진 낙타는 누가 일으켜 세워주지 않으면
다시 일어설 수가 없다는데
모래의 달력을 넘나들던 낙타가 엎어져
끔찍한 목소리로 울부짖는다

멀리 펄펄 끓는 물속에서 누에들이 숨을 거둔다
사랑을 일평생 품고 산 여자가
몰래 게운 것 같은
희고 부드러운 누에의 방이 끓는 물 위로 떠오른다
가벼운 흰 꽃봉오리 같은 이것을 훔쳐 가서
가느다랗고 긴 실을 풀어 거품같이 가벼운 옷을 지어
입으면
누구나 타락의 병에 걸리리
허벅지가 곪으리

설탕 지옥에 빠진 개미 한 마리처럼 땀을 뻘뻘 흘린다

몸에 딱 맞는 호박琥珀 구슬 속에 들어간 것처럼
숨구멍이 조여온다

투명한 비단 겹겹이 아, 그 속에서
보고픔으로 숨 막혀 스러져가는 후궁처럼 신음한다
뜨거운 모래비가 세차게 쏟아져 내린다
머리 위에 끓는 유리가 부어지는 것 같다

저 태양은 나의 삶을 너무 사랑해
어제의 모든 나날들과 내일의 모든 나날들을 너무 사랑해
질투에 빠진 내 쌍둥이 죽음처럼
나의 전 생애를 몽땅 세차게 껴안아

뜨겁다

목이 탄다

목을 조르는 팔뚝의 힘이 너무 세다

열 길 모래 속에는 아직 새것인 궁궐의 방들이 열려 있다
천 년 동안 한 번도 젖어본 적 없는 이불 속에서
비단에 쌓인 그녀가 입안 가득 모래를 물고 있다

멀리서 주먹만 한 두 발을 흰 종이에 싼
앉은뱅이 그녀가 반닫이 깊은 곳에서
진분홍 비단 한 필을 꺼내 온다

공중으로 날린 모래알들이 비단 한 폭처럼 굽이쳐 날아간다
그녀가 짠 비단이 노을 진 사막 위로 굽이굽이 일렁인다

그 비단 금침 위에 달빛이 만 개의 바늘을 세워 수를 놓고

별들이 그 위에 발톱을 스치며 떨어진다

붉은 가사

꾀죄죄한 중이 하느님을 알현했다.

땅 좀 주세요.

얼마나?

이 가사를 펼치고 이 한 몸 눕힐 만큼만, 아량이 눈곱만큼이라도 남으셨다면 요 주먹만 한 강아지가 발걸음 네 번 옮길 만큼만.

주무시기 직전의 하느님이 허락했다.

가져, 가져.

땅으로 내려온 꾀죄죄한 중이 가사를 펼치기 시작했다. 옷자락 움켜쥔 손을 놓자 붉은 가사가 날이 새고 밤이 오고, 다시 날이 새도록 끝없이 펼쳐졌다. 산맥이 흘러가고, 계곡이 패고, 바다가 융기했다. 주먹만 한 강아지가 솟아올라 겨우 발걸음 하나를 떼었을 뿐인데, 로켓

이 쏘아진 듯, 땅에서 하늘로 번개가 터진 듯 쏜살같았다. 강아지 발걸음을 따라가던 한 대륙판이 다른 대륙판을 밀었다. 바다가 융기해 사시사철 눈이 녹지 않는 산이 솟았다. 구름이 산 아래 늘어지고, 지진이 빈발했다. 급히 쏟아진 강이 땅속으로 숨어들어 그 흔적조차 찾을 수 없었다. 설산 높은 곳에서 조개가 쏟아지고, 바다 생물 화석들이 쏟아졌다. 꾀죄죄한 중의 가사는 아직 펼쳐지는 중이다. 강아지에겐 아직 세 번의 도약이 남았다. 하느님이 잠 깨어 일어났지만, 그분에게도 한번 뱉은 말을 다시 거두지 못한다는 단 하나의 금지는 있었다. 하느님이 침묵하자 중의 붉은 가사 속에 숨어 살던 사람들이 골짜기로 내려왔다. 그리고 '하얀 족, 검은 얼굴족, 슬그머니가'를 이루었다. 하느님의 간섭이 없어서 그곳은 곧 천국이 되었다. 몇 세기 전 몇몇 서양 사람들이 그곳을 찾아왔다가 돌아갔다. 그들은 저 하늘 가까운 곳, 숨이 찬 곳에 흰 제비 가득 하늘을 나는 천국을 보았다는 책을 썼다. 소식을 듣고 몇몇이 다시 왔으나 그곳을 찾지 못했다. 몇 세기 후에 내가 그곳을 찾아갔다.

붉은 고백

'고백'이 가슴속에 있다. 있는지도 모르는 데 있다. 가슴속에 있는 그것은 말일까? 아니면 외침일까? 불붙은 채 꺼지지 않는 눈물의 원석일까? 그 덩어리가 울화를 만든다. 어혈이 뭉친다. 이곳 사나이들의 얼굴에선 유독 눈이 불붙은 듯 이글거린다. 누군가를 죽여본 사람의 눈빛이다. 누군가에게 가족을 잃어본 사람의 얼굴이다. 누군가에게 짐승처럼 두들겨 맞고 쫓기다가 다리를 잃은 사람의 눈빛이다. 이들을 위한 최대의, 최선의 처방은 그 어혈을 풀 수 있는 계기를 만들어주는 것이다. 저 호수에 풀어지는 노을처럼 자신의 뭉쳐진 피를, 더러운 피를 밖으로 흐르게 하는 것이다. 이 나라의 많은 노래가, 많은 문자가 이들의 어혈을 풀겠다며 애절하지만 그러나 어느 누구도 그것을 대신해줄 수가 없다. 국가는 관광 사업과 부의 축적에 정신이 팔려 이들의 '그것'에는 관심이 없다. 그래서 이들 나라로 우리나라의 교회들이 진격해 들어간다. '고백'만이 그것을 풀 수가 있기 때문일까. 어혈은 스스로 풀어야만 하는 것이기 때문일까. 우리나라의 선교사들이 이들 불교도 사나이들의 간증을 들어준다. 이곳엔 수많은 한국 교회의 지부가 생겨나고 있다. 의료 선교를 받은 아내나 아이 들의 손길에 이끌려 마지못해 교회를 찾은 아버지들이 간증을 한다. 피를 토해내듯 전쟁의, 참화의, 고문의 고백을 쏟아낸다. 가해자가 된 아버지들의 울음 속에서 우리나라 교회들이 이 붉은 땅에 점점 더 많은 집을 짓고 간판을 매단다. 노을 지는 붉은 호수에도 한국어 간판을 매달고 일렁이는 수많은 교회들.

붉은 뱀

도로 공사 인부가 거대한 백옥바위를 발견했다. 옥바위는 마치 부처처럼 생겼다고 금방 소문이 났다. 뭐 눈엔 뭐만 보이는 법이다. 부처님이 주신 선물이 땅속에 숨어 있다가 '이 좋은 시절'을 못 이겨 발견되었다는 소문이 돌았다. 흰색은 영험한 색이다. 흰 코끼리를 정글에서 잡아 오면 꼭 따로 모셔 숭앙한다. 통치자는 옥바위를 수도로 옮기라고 명했다. 높이 10미터 무게 1천 톤의 백옥을 캐내기 위해서 매일 3백 명, 한 해 10만 명이 동원되었다. 모두 무보수로 자원봉사했다고 한다. 정말 그랬을까? 자원봉사와 무보수는 같은 의미일까? 캐낸 옥을 깎아 6백 톤짜리 부처를 만들었다. 강으로 5백 킬로미터를 옮긴 후, 언덕 높이 부처를 모시기 위해 임시 철도를 놓았다. 백옥을 발견해 수도로 옮기기까지 3년이 걸렸다. 옥부처를 실은 배가 강을 따라 내려올 때가 제일 장관이었다. 나라의 거의 모든 사람들이 강가에 나와 절하고 보시를 바쳤다. 우기인데도 옥부처의 몸엔 비 한 방울 내리지 않는 이적이 일어났다. 그다음 옥부처를 거대한 유리관 안에 모셨다. 군인이었다가 스스로 왕이 된 통치자가 부처를 모신 땅을 '피안'이라고 부르기로 한다고 공표했다. 옥부처의 준공식에 군인 왕이 도착했고 기념식이 치러졌다. 그 후 옥부처를 경배하러 수많은 사람들이 몰려들었다. 그러나 내가 보기엔 백옥이라기보다 거대한 회색 덩어리였다. 예술성도, 영험스러움도 느껴지지 않았다. 유리관에 갇혀 숨 막혀 헐떡이는 지저분한 회색 덩어리에 대해 해가 떠오를 땐 어쩌고저쩌고했지만 아무런 감흥도 일어나지 않았다. 옥부처의 아래 한 켠 유리로 지은 자그마한 집에 뱀 한 마리가 살고 있었다. 한 여자가 꿈에 나라를 구한다는 뱀을 보았다 했다. 그 여자는 꿈을 꾼 후 그 뱀을 실제로 만나 옥부처 옆에 데려와 살게 했다. 옥부처가 잊혀갈 즈음 그 뱀을 보게 되면 행운이 깃든단 소문이 퍼져 사람들이 몰려들었다. 옥부처는 국가적 행운의 상징이 되었으며, 뱀은 개인적 행운의 상징이 되었다. 저녁에 거대한 보리수나무 아래를 지나 그 뱀을 보러 갔더니 사람의 침실처럼 깔아놓은 꽃무늬 붉은 밍크 담요 속에 뱀이 머리를 내밀고 있었다. 섬뜩하게 빛나는 비늘들을 달고 쉼 없이 침처럼 날카로운 혀를 날름거리며 진상된 쥐를 드시고 계셨다. 아무런 감흥도 느껴지지 않았고, 허접한 신화를 생산해 백성을 마취시키는 뱀의 혀 같은 말들에 진저리가 쳐졌다. 더구나 나와 같이 그곳에 간 소위 그 나라의 지식인이란 인간이 옥부처의 탄생 설화를 신앙심에 가득 차 설파하고 있는 걸 보니 화가 치밀었다. 이렇게 도처에 계속 부처가 생겨난다. 부처가 생겨날 때마다 그 부처를 모시고 절을 세워주었다는 통치자의 신화가 생겨난다. 부처가 생기고, 신화가 생기고, 부처의 몸은 황금으로 뚱뚱해진다. 어느 누구도 부처 소재 이야기만은 반박하지 않는다. 그러니 군인 왕은 이야기를 지어내느라 부처를 만들어댄다. 부처가 사람들의 머리 꼭대기를 점령했다면, 우리나라 드라마의 무차별 방영이 이들의 가슴을 점령했다. 그 둘이 이들의 억울하고 분통 터지는 현실을 탈색시킨다. 부처와 함께 이 나라에 제일 많은 것이 우리나라 배우의 초상화다. 굶어도 금박 이파리는 사는 것처럼 굶어도 한국 드라마는 본다. 두 가지 마취제다. 돌아다니다 보면 돌덩이 하나, 부처 하나, 사원 하나마다 이야기가 붙지 않은 곳이 없다. 이 나라의 통치자가 되려면 일단 이야기 창작자가 되어야 한다. 독재국가는 백성들에게는 태평성대의 이야기를 생산해주고, 감옥 안에서는 반역의 인생 스토리를 창작하게끔 고문하고 취조한다. 서사를 점령한 군인들이 바위마다, 시설물마다 서사를 갖다 붙인다. 옥부처를 알현하고 계단을 내려오다 보면 몇 년 전에 실각한 총리가 옥부처 앞에서 자신의 치적을 자랑하는 모습이 공공연히 거대한 벽화로 그려져 아직도 남아 있다.

핏줄기

설산 깊은 곳, 세상에서 가장 먼 곳에 숨은 나라에서 반역이 있었다. 왕은 야반도주했다. 왕은 왕비와 공주, 왕자, 시중을 거느리고 정처 없이 고원과 설산과 사막을 지나 나라의 끝에 도착했다. 그는 높은 절벽 꼭대기에 붉은 칠을 한 궁궐을 짓고 백성들을 그 아래 산 속에 살게 했다. 백성들의 집은 궁궐 밑 지하에 있었다. 땅 속 깊이 길이 나고, 골목이 생겼다. 천연의 요새라 아무도 침략할 수 없었다. 왕궁에선 천지 사방이 다 보였다. 종교와 장사를 위한 사람들이 드나들었다. 아무도 이곳을 빼앗을 수 없었다. 지하 도시의 회랑엔 먼 나라에서 초청을 받아 온 화가들이 이 도시에서 제일 정숙한 부인들의 초상화와 만다라를 그렸다. 세계 각지에서 깊은 신심을 가진 승려들이 몰려와 이 깊은 요새 나라에서 법회를 열었다. 절벽

속, 붉은 낙원의 나라가 되었다. 그러나 올 것이 왔다. 큰 군대가 왔다. 이들은 천연의 요새를 뚫지 못했다. 그러자 군대는 궁궐 밖 절벽 아래 평원에서 집 짓고 농사짓는 백성들을 죽였다. 날마다 죽였다. 시체가 산처럼 쌓이고 붉은 피의 강물이 흘렀다. 보다 못한 신심 깊은 왕이 대문을 열었다. 그러자 외국의 군대가 왕의 목을 베고 백성 모두를 죽였다.

노스탤지어의 노스탤지어

숲속에 붉은 사원들이 서 있다. 이곳에만 사원이 무려 2천5백 개다. 천 년 전엔 5천 개에 가까웠다. 큰 사원, 작은 사원은 모두 탑처럼 하늘을 향해 두 손을 모으고 있다. 높은 사원 꼭대기에 올라가 내려다보면 황혼에 붉은 벽돌로 지은 2천5백 개의 탑 모양 사원들이 타오르는 것 같다. 까마득하다. 외부는 웅장하고, 내부는 정교하다. 하나씩은 고독하고, 전체적으로는 기쁘다. 왕들의 발심과 광기가 만든 과종교적 환각 세계일까, 아니면 자연 발생적인 향락과 기쁨의 구도적 헌신일까. 나는 갑자기 앙코르와트나 둔황의 막고굴, 신라의 불국사, 고려의 팔만대장경을 생각한다. 서양의 르네상스 시기처럼 동양에도 어느 국가를 막론하고 불교 융성기에 르네상스가 있었다. 미친 듯 건축하고, 그리고, 조각하고 시를 쓰면서 예술적 환희에 동양 전체가 빠져들었던 시기가 있었다고 생각했다. 이 탑 하나하나를 친구인 듯 사귀려면 내 일생이 필요할 것 같아 막막하다. 모양이 같은 것이 하나도 없다. 탑, 탑, 탑이다. 이렇게 모두 붉은색으로 서 있지만, 천 년 전엔 흰색, 황금색, 은색 칠이 되어 있었다. 배를 타고 가면서 사원들을 본다. 사각형, 원형, 단층, 2층, 그야말로 탑이 행진한다. 굉장한 행렬이다. 전생에서 저승까지 이어진다. 인생의 모든 순간, 태어나고, 살고, 죽고, 병들고 늙는 모든 과정을 탑의 걸음걸이로 표현했다. 무한이 무한하다. 그리고 윤회의 리듬을 타고 물결친다. 사원들은 거대한 연꽃처럼 탑 모양의 지붕을 얹고 진줏빛 강가에 촘촘히 떠 있다. 숲속에 집은 한 채도 없고 사원만 가득하다. 말이 끄는 수레를 빌려, 졸면서 돌아봐도 며칠이 걸린다. 세상에 이런 장소가 다 있단 말인가. 산이면 산, 호수면 호수, 밭이면 밭, 도시면 도시 어디나 탑이다. 걸음을 옮길 때마다 크고 작은 탑들이 나타난다. 탑 속으로 들어가면 서늘한 기운, 정교한 벽화, 여성적인 부처들의 가느다란 미소, 거기에 기대 졸거나 기도하는 사람들, 그리고 그 어딘가 후

미진 곳 어린이 연속극에서처럼 사복 경찰들이 매복해 있다. 들어갈 때마다 놀란다. 하루에 열 번 백 번 놀란다. 그리고 경탄한다. 해가 다 지면 마치 탑들이 풍랑에 꺾인 배처럼 검은 대지 속으로 가라앉는 것 같다. 이곳은 마치 다른 행성인 것 같다. 시간이 사라진 것 같으니까. 이곳은 내가 온 곳으로부터 멀다. 내가 나의 명상으로 직조한 공간 속에 들어선 것처럼 멀다. 그러나 노스탤지어는 없다. 나는 노스탤지어의 노스탤지어 속에 있으니까. 이곳은 시작과 끝이 없다. 어디나 시작이고, 어디나 끝이니까. 탑 속엔 황금부처, 돌부처, 흙부처, 저마다 다른 내 마음의 부처들이 모셔져 있고, 벽화 또한 아기자기하고 찬란하다. 인도식, 몽고식, 중국식이 혼합되어 있다. 부처들의 자세도 누운 부처, 선 부처, 모로 앉은 부처, 책상다리 부처, 철퍼덕 가라앉은 부처, 심지어 다리를 여자처럼 외로 꼰 부처까지 많기도 하다. 도대체 누가 이 많은 사원들과 탑들을 쌓아 올리고, 그림을 그리고, 조각을 했을까. 나라는 사라졌는데, 사원들은 천 년을 넘어 서 있다. 이름도 없이 번호만 달고 서 있다. 허물어져가고 있다. 사원들은 그것을 세운 사람들의 현현처럼 그 사람의 정취를 풍긴다. 부처의 모습도 그러하고, 벽화도 그렇게 각기 남다른 체취를 간직하고 있다. 한 사원은 한 사람의 신앙심의 색깔, 그와 더불어 욕망, 그 자신의 얼굴을 그대로 현현한다. 이들은 사원과 자신의 내면을 동일시했나 보다. 나는 몇십 개의 사원을 들락날락하다 그만 지쳐서 뙤약볕 아래 털썩 주저앉는다. 소리 없이 내 곁으로 뱀이 지나간다. 승려도 떠나가고, 시주객도 떠나가고, 이제 이 사원의 도시에 남은 것은 뱀과 곤충 들, 그리고 사원의 파도에 놀란 가슴을 쓸어내리는 외국인들뿐이다. 뱀이 나올까 종려나무 작대기로 덤불숲을 헤치고 다가간 자그만 탑 속에 홀로 앉은 부처를 본다. 부처만 있다.

붉은 물집

나라가 사라지면 역사도 사라진다. 나는 그 나라를 기억하는데 그 기억을 나눌 아무도 없는 상태를 뭐라고 할까. 사막을 걷는 것 같은 스스로 방치된 상태를 뭐라 이름 붙일까? 사라진 나라의 백성이 되는 느낌은 어떨까. 나는 분명 경험했었는데, 나는 분명 그 나라의 백성이었었는데 아무도 내가 어느 나라 사람인지 모른다. 사막 속에는 분명히 존재했었는데, 충분히 아름다운 문명과 역사를 가진 나라가 있었는데, 지금은 사라진 나라들이 많다. 이런 나라의 흔적을 방문하면 사막이 몸 안으로 들어오는 느낌이 든다. 죽음이 우리를 덮쳤을 때도 이러하리라. 유령이 된 내가 너를 안다고, 알았었다고 말하는데 너는 나를 모른다. 너는 나를 느껴주지 않는다. 그것이 땡볕처럼 명백하다. 내가 생전에 미처 말하지 못한 것이 안팎에서 끓는 것 같은 느낌. 나는 내 여권은 어디 있지? 비행기표는? 하고 자다 일어나 옷 속을 더듬는다. 나는 내 나라로 돌아가야 한다. 나를 느껴주는 사람 곁으로 가야 한다. 그러다 밤에 신발을 벗으면 발에 붉은 물집이 주렁주렁 매달려 있다.

사라진 국가.

밤에 만나서 새벽에 헤어지는 부부

나는 '슬그머니'가 마을에 간다. 이들은 스스로를 민족이라 하지 않고 집[家]이라 한다. 가장은 외할머니다. 도시의 박물관에서 이들의 거실을 묘사한 둥근 조각을 보았는데, 외할머니가 가운데 앉아 있고, 길쌈하는 여자들이 둥글게 배치되어 있으며, 남자들은 구석에 앉아 있었다. 더구나 외할머니는 다른 인물의 두 배 크기고, 황금칠이 되어 있었다. 반면에 남성들은 아주 작게 묘사되어 있었는데 아무 칠도 되어 있지 않았다. 슬그머니가는 모계사회였다. 대부분의 집에서 아이들은 아버지를 모른 채, 어머니와 살았다. 책임과 자유가 있는 여자들은 아름답다. 이 여자들은 어느 민족보다도 예쁘고, 키가 크고, 얼굴이 희고, 의상도 멋있다. 봄처녀들처럼 풋풋하다. 고성으로 이사 와 사는 사람들 중에 이들이 가장 노래 잘 하고, 춤 잘 춘다. 여성들은 비단 저고리에 흰 주름치마를 입고, 굵은 허리띠를 매고 머리에는 소나 말의 머리털을 꼬아 따비를 얹고, 꽃으로 장식한다. 열세 살에 성인식을 하는데 그 이후에 이 고운 옷을 입는다. 고성의 레스토랑이나 술집에서는 이들의 의복을 입혀 문밖에 세워두고 손님이 많이 들기를 기다린다. 이들은 결혼하지 않는다. 당연히 이혼도 없다. 아버지가 없으니 대대손손이란 말도 없고, 가부장이란 말도 없다. 남녀가 가정을 꾸리지 않으니 부부 싸움도 없다. 이들은 어머니 집에서 모두 산다. 어머니는 부엌 곁 1층에 방이 있고, 2층에는 자매들의 방, 형제들의 방, 합궁의 방이 있다. 합궁의 방에는 남자가 떠나야 할 창문이 침대 머리맡에 있다. 남자가 여자의 방에 한밤중 올라오려면 90도 각도의 벽을 타고 올라야 한다. 얼마나 편리할까. 밤에만 만나고, 새벽에는 헤어지는 부부가 있다니. 게다가 헤어짐과 만남이 이렇듯 자유롭다니. 서로 호적에 묶여 있지 않으니 이혼도 별거도 없다. 달밤의 파티에서 서로 손을 잡고 춤추면서 잡은 손을 긁으면 남자가 여자 집에 갈 수 있다. 그러나 그 전에 남자가 여자 집에 와서 여자를 달라고 은밀히 말해야 한다. 그는 여자의 집 부뚜막에 선물을, 불교 신단에 또 다른 선물을 올리고 여자의 조상에게 예를 다해야 한다. 어머니, 외삼촌, 언니에게도 존경을 표해야 한다. 그러면 어머니는 여자를 머리부터 발끝까지 치장해주고, 여자는 남자에게 아름다운 수를 놓은 허리띠를 준다. 여자들은 아마 집에다 몇 개의 허리띠를 만들어놓았을 것이다. 이것이 한 시간 정도 걸리는 약식 결혼식이다. 모든 결혼 비용은 여자가 부담한다. 그러면 둘이 나가 살기도 하도, 남자가 밤에 아무도 몰래 여자를 만나러 올 수도 있다. 밤이 되면 제일 바쁜 사람이 어머니들이다. 우선 남자를 맞으려는 딸들을 치장해줘야 하고, 여자를 만나러 남의 집으로 가는 아들과 동생을 치장해줘야 하며, 또한 자신도 남자를 맞을 준비를 해야 한다. 남자와 여자는 자신들이 다시 만날 수 있는 암호를 정해서 그 암호가 틀린 사람에게는 절대로 문을 열어주지 않는다. 한밤중 이 마을의 창문들에서는 암호가 난무할 것이다. 그러나 여자가 마음이 변하면 사랑은 구름처럼 바람처럼 사라진다. 여자나 남자나 서로가 싫어졌다고 말할 수 있다. 더구나 여자는 숯, 고추, 닭 털을 싼 조그만 보따리를 남자에게 주기만 하면 된다. 그것으로 끝. '너는 이제 암호를 말해도 들일 수가 없어'가 된다. 소유욕이 없으니 이들은 너그럽다. 연애가 자유니 꾸밈없이 후하다. 사위가 찾아와 밥을 먹기를 원하면 제일 아랫자리에 앉아 쭈그리고 앉아 먹어야 한다. 그러나 식구끼리는 감정과 이해가 제일 중요하다. 그냥 만나는 것이 아니라 사전에 상대를 면밀히 연구한다고도 한다. 어쨌든 마을엔 범죄가 없고, 큰소리도 없고, 부부 싸움도 없다. 이들은 산과 호수를 의인화한 전설을 만들어 밤마다 산과 호수가 서로 사랑한다고 믿는다. 합환의 방은 아름답고, 침대는 정갈하다. 이불과 베개의 수는 화려하다. 나의 외갓집에 있던 침구와 흡사하다. 그러나 나의 외갓집의 대장은 외할아버지였다. 사랑을 품은 남자는 고기와 모자를 들고 가서 고기는 여자의 어머니에게 주고, 모자는 방에 걸어둔다. 남자는 닭 울기 전에 여자의 집을 떠나 자신의 집으로 돌아간다. 어머니 집에 있는 남자의 방은 머슴의 방처럼 검소하고 초라하다. 요즘은 멀리서 올 때는 오토바이를 타고 온다. 여자가 아이를 낳으면 여자와 여자의 형제, 외삼촌 이모 들이 키운다. 아이는 남자들의 성을 받지 않고 여자의 성을 받는다. 여자가 많아야 집이 커지고, 식구들이 늘어나 노동력이 많아지니 딸을 낳으면 좋아라 한다. 아이를 많이 낳으면 분가를 시켜 또 하나의 모계 가정을 만들어주기도 한다. 매일매일 다른 남자를 만나길 바라나요? 했더니 한 남자와 오래 사귄다고 말한다. 그 남자를 사랑하나요? 했더니 '니아누푸(사랑한다)'라고 말한다. 서로 사랑하나요? 했더니 또 '니아누푸' 한다. 그 남자의 아이를 계속 낳고 싶단다. 이들 마을에선 우리나라 소설가들이 묵었던 민박집이 제일 유명하다. 이들이 대접을 받는 이유는 모계 가계가 관광이 되기 때문이다. 그래서 이 나라에서 유일하게 어머니 성을 호적에 올려준다. 곧 이곳까지 가는 길의 포장이 끝나 전 세계에서 이들을 구경하러 올 것 같다. 벌써 호텔이 지어지느라 호수 주변에 공사가 한창이다.

피의 루비

대로상에서 손을 잡는다. 은밀히 끌며 붉은 루비를 내보인다. 2백 달러로 그렇게 큰 루비를 목에 걸 수 있는 곳은 이 세상에 단 한 곳밖에 없다고 유혹한다. 그것이 루비인지 유리인지 플라스틱인지 나로선 알 수 없다. 그러나 '젊은이의 피를 먹고 사는 보석'이라는 그것은 정말 핏덩이처럼 깊은 빛을 발한다. 세상에 존재하는 붉은 루비의 90퍼센트가 이곳 태생이다. 루비 광산의 작업 여건은 매우 열악한 것으로 전해진다. 외부인은 그곳으로 가는 차를 탈 수 없다. 물론 이 산업은 국가사업이다. 하루 일이 끝나면 일의 대가로 헤로인을 준다고 한다. 꿈을 안고 보석 광산에 취직한 젊은이들이 노역과 마약 중독, 에이즈로 죽어서 돌아온다. 광산 주변엔 성매매가 성행하는 데다, 헤로인 투여 때 쓴 주삿바늘을 함께 사용해 에이즈 발병률이 높다는 보고도 있다. 루비는 천연자원이 풍부한 이 나라 군부의 배를 채우는 또 하나의 자원이다. 산악 지대 '루비 계곡'은 세계 최고의 루비로 불리는 '비둘기의 핏방울'을 생산한다. 눈이 퀭하고 몸이 마른 청년이 '피전즈 블러드' '피전즈 블러드' 하면서 내 손을 잡아끈다. 내가 돌아서면 2백 달러는 얼른 1백 달러로 내려간다. 그것은 비둘기의 핏방울이 아니라 강제 노역에 시달린 젊은이의 목숨값이다.

토마토

버스 타고 열몇 시간 몸서리치다 보면 호수에 도착한다. 호수는 마치 백색 화선지 같다. 광대한 화선지에 물과 하늘이 같은 색으로 칠해진 채 놓여 있어서 수평선이 어딘지 모르게 한다. 이 화선지 위에는 무엇이나 비현실적으로 떠 있다. 모든 날카로운 선들이 공기 중에 스며들어 물도 산도 태양도 공기가 된 채 혼연일체되어 있다. 마치 구별을 버린 신선의 눈으로 세상을 대면한 듯하다. 안팎이 없고, 남녀가 없고, 원심력과 구심력이 없고, 원근이 없다. 마치 동양화 속에 들어온 느낌이다. 산도 호텔도 공장도 집도 학교도 고기잡이배도 다 그렇게 경계 없이, 중력 없이, 테두리 없이 떠 있다. 그들은 명사가 아니라 단지 형용사다. 안개가 끼거나, 노을이 지면 형용사가 더 짙어진다. 호수 위를 미끄러져 다니다 보면 기하학 도형 중

하나인 원추를 배의 난간에 붙인 발로 노를 젓는 사람들이 나타난다. 마치 한쪽 몸이 부푼 곤충 같다. 작은 배로 고기를 잡고, 호수 위에 뜬 밭에서 경작한 채소를 수확한다. 물 히아신스 줄기와 흙을 섞어 물 위에 띄우고 호수 바닥에서 수초를 건져 올려 거름으로 쓴다. 그리고 그 호수 밭에 채소와 과일을 기른다. 호수 위에 떠 있는 식당에서 이 호수 밭에서 경작한 채소들로 점심을 먹으면 마치 호수를 먹는 듯 상쾌해지고, 무슨 성분 때문인지 피곤에 잠겨가던 눈이 번쩍 떠진다. 한 발로 노를 저어 원통형 그물로 고기를 잡는 사람들을 보면서 여기가 천당이지 하다가도 곧바로 그들의 집 가까이 다가가면 여기가 지옥이지 한다. 담배를 마는 수상 공장이 있고, 연꽃 줄기를 뽑아 실을 자아 옷감을 짜는 공장이 있다. 무거운 은목걸이와 귀걸이를 주렁주렁 걸어 목과 귀를 늘이는 소수민족을 고용해 마네킹처럼 세워둔 가게들이 있다. 나는 수상 가옥에서 일박한다. 아무리 노력해도 강바닥에다 용변을 보지 못하겠고, 물소리 시끄러워 잠들지 못하겠다. 나는 아무래도 흰 도기로 만든 변기에 무척 의지하는 사람인가 보다. 물 많고, 논 많아 세상에서 가장 아름다운 경작지를 가진 나라가 이렇듯 억압 속에 있다니 이유가 뭘까 하는 생각을 하지 않을 수 없게 된다. 그러다 연이어 모든 사물과 생물은 중력 없이 떠 있는데 내 몸만 야수처럼 중력에 갇혀 있는, 슬프고 괴이한 느낌이 몸을 뒤덮는다. 호수의 물은 비취 빛깔인데도 호수 바닥까지 환하게 비친다. 멀리 바라보면 마치 두 개의 하늘이 맞닿아 있는 것 같은 착각이 생긴다. 거기에 몸을 맡기고 늘어지면 다시 나마저 희미해진다. 물고기처럼 내가 이 시간을 통과한다. 산도 물고기요, 땅도 물고기요, 저 멀리 어부도 물고기다. 하늘에 물고기처럼 뜬 작은 군상들. 무언가 잡았던 것을 탁 놓으면 망각의 세계, 쏜살같이 '이렇게 하늘과 땅이 붙어버리는 세계'가 있다고 불현듯 깨닫는다. 하늘에서 기른 토마토를 노을 비친 하늘에 씻어 먹는다. 그리고 연꽃 줄기로 짠 머플러를 목에 두른다.

붉은 망토

밤에 마차를 타고 조그만 나라를 방문한다. 이 나라는 12미터짜리 성벽 위에 얹혀 있다. 이제 아무도 살지 않지만 벽돌로 쌓은 나라의 근간들은 그대로 있다. 벽돌로 지은 절과, 관청, 집터를 걸어서 둘러본다. 마차로 단 몇 시간이면 한 변이 5킬로미터 되는 이 나라를 다 둘러볼 수 있다. 신기하게도 이 작은 나라엔 조로아스터교, 기독교, 혹은 사라진 종교의 모든 성전이 있다. 30개의 불교 사원도 있다. 3만 명이 살았었다고 전해진다. 오아시스에서 포도를 기르고, 도자기를 구워 팔면서 말이다. 1천5백 년 전 한 승려가 법전을 구하러 가다가 이 나라에 들렀다. 왕은 그의 불교에 대한 지식과 열정, 말솜씨에 놀랐다. 왕의 부인은 붉은 망토를 쓰고 붉은 천을 덮은 말을 타고 다녔다고 승려는 후에 기록했다. 수많은 인종의 사람들이 섞여 사는 나라였다. 멀고 큰 나라에서 온 승려의 됨됨이에 반한 왕이 승려를 떠나지 못하게 했다. 그러자 승려는 단식으로 왕의 말에 불복했다. 승려는 살과 뼈만 두고 마음은 떠나겠다고 위협했다. 승려가 죽기에 이르자 왕이 승려와 계약을 했다. 왕은 불경과 지식을 구하고 돌아오는 길에 이 나라를 찾아 다시 자신을 만나고 가야 한다는 조건을 내걸었다. 승려는 그리하겠다고 약속했다. 13년 후 법전을 구한 승려가 그곳을 찾았다. 그러나 이미 왕은 죽임을 당하고, 백성은 흩어지고, 폐허만 남았다. 불경을 구한 승려는 신화의 인물이 되었다. 부처님이 죽자 부처님의 사리가 전 아시아의 절마다 모셔질 만큼 많이 쏟아졌듯이 그의 행동 하나하나가 신화가 되었다. 오래된 판타지소설이 되었다. 나라가 사라지자 오아시스는 말라버렸다. 절벽 아래위가 모두 폐허가 되었다. 사람이 사라지자 이상하게도 강물이 방향을 틀었다. 왕비의 붉은 망토 같은 절벽만 남아 요새를 휘둘러 안았다.

똥 덩어리 부처

경배가 지나치고, 사랑이 지나치다. 지겹다. 전 국민이 부처를 스토킹 중이다. 삶은 팽개치고 부처 얼굴만 쳐다보는 것 같다. 불교 사회주의, 불교 민족주의, 불교 국교화에 짓무른 일상을 똥처럼 뭉개고 앉아, 딱딱하고 노란 황금 얼굴만 쳐다보는 것 같다. 이런 사람들 위에 국민의 정치적이고 경제적이고 사회적인 욕구는 억압하고, 부처만 쳐다보도록 장려하는 군복을 입은 자들의 손길이 있다. 일상을 반추해보지 못하도록 하는 음험한 허구 기계가 가동 중이다. 그와 아울러 타 종교를 억압하는 죄의식 없는 자의식이 준동한다. 부처는 황금 마취제다. 어른 아이 할 것 없이 오그라들어 작은 체구에 주름 가득하고, 뼈만 앙상한데, 부처는 황금 속에 익사해 영원불멸한다. 나날이 뚱뚱해진다. 부처를 향락에 빠트리는 군사정권에 끌려다니느라 민중의 삶은 도탄에 빠졌다. 부처는 먹기만 하고, 움직이기 싫어하는 왕조시대의 군주처럼 나날이 비대해진다. 움직이지 못하니 자비의 손가락을 펼치지도 못한다. 운동 부족의 누런 덩어리. 이런 참상을 수백 년 전에 제작된 슬픈 얼굴, 여린 자태, 여성의 몸을 가진 유물이 된 옛 부처들이 하염없는 눈길로 내려다보고 있다. 사람보다 부처가 더 많다. 부처 먹여 살리느라 사람이 굶는다. 배를 타고 와서 절에 들어가니 '여자들은 올라가지 마시오'라고 쓴 큰 팻말이 놓여 있는 제단 위엔 황금 눈사람 넷, 둥근 공 하나가 올려져 있다. 이건 부처가 아니고 그저 황금 덩어리가 아닌가 하고 가까이 가서 친견하려다가 제지당한다. '여자는 안 돼. 부처 어머니라도 안 돼.' 맨발로 제단에 올라간 남루한 복색의 남자들이 황금 눈사람 모형에 금박 이파리 종이를 붙이고 있다. 사원 주위엔 금박 이파리를 파는 상인들이 많다. 거금을 주고 그것을 사서는 간절한 염원의 눈길로 어루만지듯 황금 눈사람의 몸에 붙인다. 이제 황금 눈사람은 뚱뚱하다 못해 거동을 할 수 없는 지경이 되었다. 여자는 승려가 될 수 없다. 간혹 거리에서 분홍색 가사를 걸치고 머리를 밀어버린 여자들을 만나지만 그녀들은 승려가 아니다. 여자는 사원에 몸을 의탁해도 승려가 될 수는 없다. 단지 잡무만 본다. 남자가 1층에 있을 때, 여자는 2층에 올라갈 수 없다. 여자가 남자보다 높은 위치에 있는 건 남자를 모욕하는 것이다. 그래서 사원의 제단에도 여자는 올라갈 수 없다. 그럼에도 남자들은 말한다. 국립대학에는 여학생 수가 더 많고, 사미니들의 불경 지식이 더 풍부하고, 해박하다고. 그래도 사미니들에게 분홍색 옷을 입히고, 양산을 씌워 그들이 여성임을 강조하고 금기를 덧씌우는 법은 사라지지 않는다. 독재정권 아래서 살아보지 않은 자는 모른다. 퇴폐, 슬픔, 분노, 타락을 어떤 예술 작품 형태로도 표출하지 말라는 권력자의 주문이 여성 억압과 한통속이라는 사실을. 그들은 먼저 여성을 억압하고, 다음 소위 여성적이라고 규정된 것들을 억압한다. 그들은 전 국민을 자신들과 같은 부류로 개조하려 든다. 그래서 그런가? 억압에 대한 반작용으로 부처 제작자들은 부처의 자태를 그렇게도 여성적으로 만들어내는가? 아니면 역설적으로 억압자 자신들에게마저 숨어 있을 수밖에 없는 여성성을 교묘히 표출하고 경배하기 위해 교태 어린 자태 앞에 절하게 하는가? 이 나라 부처들이 황금빛으로 찬란한 것은 사람들이 늘 금박 이파리를 공양해 부처의 전신에 붙여주기 때문이다. 어떤 부처는 10여 년 만에 그 얇은 금종이로 몸을 5톤이나 불렸다. 부처의 얼굴은 뚱뚱한 금박 속에 묻혀 보이지 않았고, 몸은 다시는 일어나지 못할 못생기고 누런 바윗덩어리가 되어 있었다. 그 부처를 밖으로 꺼내기 위해서는 절을 부숴야 하리라는 생각. 부처를 황금 덩어리로 지워버리는 것이 이들의 새 목표인가 하는 의심마저 생겼다. 12세기의 어느 날 왕이 전쟁에 나가서 이웃 나라에서 세 개의 불상과 두 개의 아라한상을 약탈해 왔다. 부처들은 각각 5센티미터 정도로 키가 작았다. 왕은 호수 가운데 세워진 절에 약탈해 온 부처들을 봉안했다. 그것을 기념하여 매년 10월이면 거대한 수상 축제를 열었다. 황금으로 치장된 백조 형상의 선박에 세 개의 불상과 두 개의 아라한상을 싣고 한 달 동안 수상 마을들을 방문했다. 축제에는 왕도

재상들도 다 참석해 세 번 절했다. 황금 백조 배가 마을에 도착할 때마다 그 마을의 배가 모두 나와 호수는 잔칫상처럼 찬란했다. 그렇게 수백 년이 지난 몇십 년 전 어느 날, 잔치 중에 풍랑이 일어 배가 기우뚱하더니 그만 뱃머리가 물속에 처박혀버렸다. 부처들이 물속에 떨어졌다. 잠수부들이 부처를 건져 올렸다. 네 개는 찾았지만 하나는 찾을 수 없었다. 사원으로 돌아와보니 이상하게도 종려나무잎을 몸에 두르고 물을 뚝뚝 흘리며 우는 부처가 제자리에 돌아와 있었다. 기적을 기념하여 현대식 사원을 증축했다. 사원의 벽엔 당시의 사진들이 시간순으로 전시돼 있다. 사진 속엔 당시의 군복 입은 통치자 얼굴도 들어 있다. 사진을 보고 있으면 이 사원이 생겨난 신화를 만든 장본인이 누군지 짐작이 가고도 남는다. 20세기에 이런 신화를 만들어 사원을 세우고 탑을 세우는 통치자들, 이 사원 건립 픽션은 마치 우리의 시선을 프로야구와 컬러텔레비전으로 이끌던 독재자들의 계략과 다르지 않다. 사원과 신화, 부처가 연결된 황당무계한 이야기는 이 나라 사람들의 블랙홀이다. 황금 부처 이야기가 자유와

정의에 대한 갈망, 나아가 삶 전체를 잡아먹는다. 사원에는 배를 타고 찾아오는 참배객이 많다. 그 신화적 사건이 있고부터 사람들은 사원을 지키는 불상 하나는 제단에 두고 네 개만 갖고 축제를 떠난다고 한다. 사원 가까이 물 위의 창고에 1년에 한 달만 일하는 황금 백조 배가 늠름하게 서 있다. 강물에 띄우면 장관일 거라는 생각이 든다. 제단 위에 놓인 원래 키가 5센티미터였던 부처들은 얼굴과 몸이 온데간데없다. 금박을 너무 많이 둘러 부처는 눈, 코, 입, 팔, 다리가 모두 사라진 황금 눈사람이다. 어느 것은 벌써 큰 타조 알 모양이 되어버렸다. 여자들은 금박을 부칠 수 없어, 긴 지팡이에 금종이를 꽂아 남자의 손에 들려 줘 붙이게 한다. 나는 그 황금 눈사람이 놓인 제단 아래, 남자들의 때 묻은 발가락 아래서 금종이에 파묻힌 5센티미터짜리 부처의 비명을 듣는다. 이제 부처의 키는 30센티미터를 넘는다. 다음에 내가 여기 오게 된다면 저 부처는 어떤 모습, 어떤 크기가 되어 있을까. 남자들이 거대한 황금 덩어리에 정성스레 금을 붙인 다음 붉고 긴 천으로 문지른다. 그 붉은 천을 무슨 짐승의 혓바닥처럼 자전거나 오토바이에 묶고 다닌다. 그러면 액운이 물러난다고 한다. 도처에 '무엇을 하면 행운이 온다' '무엇을 보면 행운이 온다'라는 말이 난무한다. 그러나 여자들 앞엔 '무엇을 하지 말아야 한다, 그것을 하면 액운이 닥친다'라는 팻말이 가로놓여 있다.

붉은 설치 작품을 위한 노트

저 높은 곳, 눈 덮인 성산의 붉은 가사를 입은 승려들에게 신선한 물을 길어 오게 한다. 놋쇠 주발에 물을 찰랑찰랑 담아 부처님 앞 대웅전 마루 가득히 진설하게 한다. 경건한 마음으로 질서 정연하게. 놋쇠 주발들이 새벽빛을 받아 빛이 나도록 새벽 일찍 진설하게 한다. 그 주발들 중 하나에 천장에서 핏물이 한 방울 한 방울, 하루 종일 똑똑 떨어지게 한다. 몇십 년 전에 한꺼번에 학살당한 승려들의 몸속 붉은 것이 종일 떨어지는 듯하게 한다. 그 소리 청아하게 한다.

종!

나는 십수 년의 거리를 두고 이 거대한 사원의 해자를 세 번 건넜다. 한 번은 새벽에, 한 번은 대낮에, 한 번은 한밤중에. 해 뜨는 시각의 사원은 황금 덩어리처럼 빛났고, 이글거리는 대낮엔 검게 튼 살갗으로 뒤덮인 누추한 몸을 흔들었으며, 한밤중엔 오래된 비밀을 보여주었다. 십수 년 전 나는 운전기사에게 한밤중에 사원에 가고 싶다고 말했다. 그는 그럴 수 없다고 했다. 금지되어 있다고 했다. 도처에 지뢰가 있던 시절이었다. 허락된 길 밖으로 나가지 말라고 여기저기 씌어져 있었다. 그래도 나는 가고 싶다고 졸랐다. 그러자 그가 거금을 내라고 했다. 사원에 관광객들이 몰려오기 전이었다. 안젤리나 졸리가 나오는 영화도, 장 자크 아노가 만든 호랑이 영화도, 양조위가 떠나간 연인에게 전하지 못한 말을 적은 편지를 사원의 돌 틈새에 감추기도 전이었다. 도마뱀이 기어 올라오는 욕조에 걸터앉아 한참을 기다리자 전화가 왔다. 모두 잠든 시각, 나는 운전기사와 이름 모를 청년과 함께 밤의 사원을 향해 출발했다. 그리고 전날 오갔던 해자를 다시 건너갔다. 어둠 속에서 노랫소리가 들려왔다. 우리 셋은 불도 켜지 않은 채 계단을 올라가 높은 곳에 다다랐다. 2층 불상 앞에 그곳 사람들이 빙 둘러앉아 염불을 외고 있는 것 같았다. 주로 남자들이었다. 예배 중이거나 의식을 거행 중인 듯했다. 가운데 앉은 남자가 수건을 머리에 질끈 매고 황홀경에 들었는지, 접신에 들었는지 움찔움찔 몸을 떨며 소리를 내고 있었다. 그의 앞에 빨간 촛불 열 개쯤이 합심하여 타오르고 있었다. 전쟁이 일어나면 이들은 농사를 팽개치고 사원에서 이렇게 기거했었다고, 여기 있으면 신들이 그들을 죽지 않게 해줬다고 청년이 말했다. 낮에는 관광객들 때문에 보이지 않던 원주민들이 다 모여 있었다. 가파른 계단을 또 기어 올라갔다. 여자와 아이 들이 촛불을 켜고, 향을 피우고, 피리를 불고, 노래하고, 춤추고 있었다. 식당이나 공연장에서 보는 압사라 춤이 아니었다. 신에게 드리는 춤이고, 노래고, 이야기였다. 자연스럽고, 황홀했다. 그렇게 잠시 앉아 있었다. 아이들이 다람쥐처럼 내 곁으로 몰려왔다. 잠시 후 청년이 내려가야 할 시간이라고 했다. 올라갈 때 세어보니 계단은 서른네 개였었다. 우리는 다시 계단을 내려왔다. 가파른 계단은 아침보다 갑절이나 위험했겠지만 어둠이 그것을 깨닫지 못하게 해주었다. 밝을 때보다 오히려 안전하게 느껴졌다. 아래가 보이지 않아서 그런 건지, 무엇에 들려서 그런 건지 알 수 없었다. 왕들이 살아 있을 땐 계단을 올라 공중의 네 곳, 깊은 돌로 된 방에 물을 길어 부었다는데, 어찌 그럴 수 있었을까. 하루 종일 물 긷는 사람이 백 명쯤 있어야 하지 않았을까. 셋이서 다시 해자를 건넜다. 달이 뜨지 않은 밤 갑자기 등 뒤에서 누군가 외치는 소리가 들렸다. 내 옆의 두 남자가 두 손을 번쩍 들었다. 나도 얼른 그들을 따라서 두 손을 번쩍 들었다. 누군가 다가왔다. 나를 데려온 청년이 그에게 돈을 주었다. 우리는 그곳을 벗어났다. 그렇게 호텔이 가까워오자 청년이 바지 속에서 총을 꺼냈다. 그러곤 총에서 총알을 분리시켰다. 잠

자리에 누워도 사원의 불빛들이 일렁일렁 사라지지 않았다. 그 불빛에 돌에 새겨지고, 돌로 빚어진 신들의 얼굴이 일렁일렁 춤추고, 피리 불고, 노래했다.

지독히 붉어서 눈이 시린 모음

글을 쓰는 여성이 스스로의 언어를 발명하려는 지난한 몸짓. 여성성에 '들리는' 과정에서 뾰족하게 솟은 '지독하게 붉어서 눈이 시린 모음'의 언어. 그런 글을 읽으면 내 안에서 기쁨에 찬 한 여자가 뛰쳐나오리. 바람이 그곳을 지키고 앉아 있다. 사막의 걸레 커튼 밑에서 여자는 하루 종일 무엇을 바라보고 있었을까. 여자의 눈동자가 흐리다. 마치 사막에 시달려 백내장에 걸린 것처럼.